うつけ屋敷の旗本大家（おおや）

井 原 忠 政

幻冬舎時代小説文庫

うつけ屋敷の旗本大家（おおや）

目次

「大家(おおや)」とは――往時、家主に雇われた裏長屋の世話役を意味した。店子(たなこ)たちを守り育み、ときには叱る。まるで親のような役回りだ。労多くして益少ない仕事だが、身を入れて取り組めば、それなりの遣(や)り甲斐(がい)もなくはない。巷間(こうかん)「大家といえば親も同然」なんぞと言われた所以(ゆえん)である。

序章　おくり狼

鶴瀬を経て日影で甲州街道は南へ折れ、山道となって急に険しさを増した。ここから先、笹子峠までは急峻な上り坂がうねうねと続いている。

実は、駒飼宿を過ぎた辺りから、暁の様子が少しおかしい。苛々と盛んに首を振り、度々蹄で地面を蹴った。江戸までの旅はまだ始まったばかりで、先は長い。馬の不調は大層気になる。

「大丈夫だ。ほら、落ち着け」

大矢小太郎は、苛つく愛馬に声をかけた。鞍上から手を伸ばして鬣の辺りをポンポンと叩いてやると、青毛の悍馬はブルンと不満げに鼻を鳴らした。

「辺りを気にしているようにございます」

轡をとる中間（武士と小者の間に位置する武家奉公人）の喜衛門が振り返り、若い主人に伝えた。

（そういえば、鳥の声もしない）

山の鳥や獣は、異変や危険を察すると、己が気配を消し、身を隠すらしい。

「山犬でも、おるのかな？」

甲府に赴任して五年と少しが経つ。周囲の山々に生息する日本狼は極小柄で、人を襲ったという話は聞いたことがない。ただ、旅人が山道を歩くと、まれに尾行てくることがあるそうな。大枝が被さった薄暗い山道である。傍らの藪に獣が潜むかと思えば、あまりよい心持ちはしなかった。

「どう、どう」

平坦な場所に出たので、手綱を引き、暁の歩みを止めた。

「喜衛門、済まんが蹄を見てくれ、小石でも噛んで痛むのかも知れん」

「へいッ」

中間は馬の腹を優しく叩き、ひと声かけて落ち着かせると、蹄を一つずつ慣れた手つきで確かめていった。この時代、馬はまだ蹄鉄を着けていない。馬沓と呼ばれる丸い草鞋を履かせることで、蹄を保護した。

「や、石も噛んではおりませんし、馬沓もまだしばらくは持ちそうにございます」

馬沓は、蹄をよく護るが、持ちが悪く、二里（約八キロ）も歩くと交換せねばならない。一足当たり四文（約六十円）ほどで、大した負担ではなかったが、なにしろ手間がかかった。

「不機嫌は、蹄の所為ではないか……」

と、小声で独言した後、鞍上で背後に振り向いた。

「笹子まで上れば、後は下り……黒野田宿はすぐだ。頑張れ。さ、参るぞ」

「へいッ」

徒で従う二人の奉公人――槍持ちの小柄な大介と、鎧櫃を背負う大柄な小吉が小腰を屈めた。

高低差二百丈（約六百メートル）余りの笹子峠越えは結構な難所だが、小太郎は、一刻でも早く江戸へと戻りたかった。まさに、帰心矢の如しだ。

なにしろ――この土地での暮らしは辛かった。

甲府勤番は、下級旗本にとって懲罰のようなものだ。出世の見込みも、江戸帰参の希望もほとんどない。多くの同僚は、馬鹿か、病人か、嫌われ者である。不出来な旗本衆の「掃溜め」と揶揄嘲笑されるお役目だ。

（詮無い時を過ごした。長い五年間であったが、ま、江戸に戻れるだけ私は……）

その刹那だ。右手の尾根筋で「ドン」と鳴って、首に激しい衝撃が走ると同時に頭上の陣笠がパッと砕け散った。

「ウッ」

思わず首をすくめた。仰天した暁が嘶き、轡を押さえる喜衛門を振り払うと、大きく飛び跳ねた。元々は札付きの悍馬、ひと跳ねごとの衝撃たるや物凄い。馬上だと鉄砲に狙われやすいとも思ったが、落馬はそれ以上に怖かった。

「どう。どう。暁、落ち着け」

日頃の鍛錬の賜物でなんとか踏み止まり、馬を御し、かろうじて落馬は免れた。

「鉄砲だ。右手の尾根から撃ってくるぞ。繁みに飛び込め」

まだ動転している馬を宥めるため、幾度も輪乗りを繰り返しながら、中間たちに叫んだ。

「ドン」

また鳴ったと同時に、腹部に強烈な衝撃を受け、小太郎は鞍上から弾き飛ばされた。今度こそ落馬だ。背中を地面で強く打ち、小太郎の息は止まった。遠退く意識の中で、尾根筋から逃げ去る男の背中を見た。

（ば、馬鹿な奴だ）

そう心中で呟いたところで、小太郎の意識は深い淵へストンと落ちた。

「せめて名だけでも、教えてくれ」

着古した木綿の野良着に、大きな竹籠を背負った少女は、小太郎に微笑むばかりで返事をしてくれない。

「私のことが、嫌いか？」

ふと少女の顔から微笑が消え、悲しげに俯いた。

目を開けると、黒々とした杉の梢を透かし、秋晴れの真っ青な空が窺えた。

（どうやら私は、死ななかったようだな）

銃撃を受けたのは、おそらく八つ（午後二時頃）前後だったはずだ。初秋のこの時季、陽が傾いていないところを見れば、失神していたのは、ほんのわずかな時間だったのだろう。

まだ着弾の衝撃が残る腹の辺りを恐る恐る触ってみた。幸い体に穴が開いている様子はない。

（どういうことだ？　確かに、腹に弾を受けたはずだが）

身を起こそうとすると肩から頭にかけて激痛が走り、小太郎は低く呻いた。

「ああ、若殿、動かれちゃいけません」

「動かねば、江戸に帰れんだろうが」

苛々と乱暴に言い返した。

「も、申しわけございません」

中間は恐縮し、俯いてしまった。忠義の奉公人に八つ当たりをする自分が、如何にも小さく、卑しく思えて、小太郎は唇を強く噛んだ。

（ともかく、帰ろう……江戸へ）

肩の痛みを堪えて身を起こし、ゆっくり周囲を見回す。

杉林の中、数本が密集して生えている根元に身を潜めていた。場所の選択は申し分ない。ここなら鉄砲の射手は狙い難いだろう。

少し離れた藪で、青毛馬がのんびりと草を食んでいる。暁の苛つきの原因は、山犬でも馬沓の不具合でもなかったのだ。

——鉄砲である。

潜む狙撃者の発する殺気か、害意のようなものが漂い、鋭敏な馬の神経を苛つかせたのだろう。その暁が現在落ち着きを取り戻しているということは、危険はすでに去ったとみていい。中間の大介が槍を背負い、暁の轡を持ち、やはり不安げにこちらを見つめている。

「弾は腹に当たった。なぜ、私は生きている？」

その腹をさすり、喜衛門の目を見て質した。

「それは……」

中間がオズオズと差し出したもの——十数枚のひしゃげた天保一分金の成れの果てであった。四人の大人と一頭の馬で、甲府から江戸の駿河台まで、三十二里（約百二十八キロ）を旅せねばならない。路銀として切餅——一分金百枚を紙に包んだ包金（二十五両相当で約百五十万円）を一つ、懐に抱えていたのだ。そこに銃弾が命中し、結果、小太郎は今も生きている。

「これはきっと、慈徳院様と寶珠院様の御加護に相違ございません」

そう言って喜衛門は涙を拭った。

ちなみに、慈徳院と寶珠院は、小太郎の祖父母の院号である。小太郎に祖父母の確かな記憶はないのだが、初孫が元気な男子だったことで、二人は大層喜んでくれたそうな。もし今回、本当に護ってもらったのだとしたら有難いことである。ひしゃげた金貨を眺めつつ、心底から感謝した。

「小吉は?」

もう一人の、姿が見えない中間の安否を尋ねた。

「鉄砲野郎が逃げた尾根に上げて見張らせております。もし新手が来るようなら、逃げるなり戦うなりしないといけませんので」

さすがは大矢家に長く仕える「押さえの中間」だ。喜衛門、仕事が確かである。

「うん、よくやった。小吉を呼び戻せ。出発する」

「いけません。若殿は鉄砲で撃たれたんですぜ。しかも二発だ。あれは猟師の撃ち損じとかじゃありません。また狙われるかも知れない。落馬もされたことですし、ここは一旦駒飼宿まで引き返し、まずは御静養を」

「御静養って……」

右手を回して首筋を揉んだ。弾は木製黒漆塗りの陣笠を粉々に破壊したが、命に別状はなさそうだ。むしろ落馬したときの打身の方が痛い。

「もう襲ってはこないよ。腹に撃ち込んで、私は死んだと思ったはずだ」

「や、でも……」

喜衛門は不安そうだが、小太郎は失神する寸前、狙撃者が逃げる背中を見ている。それは意気揚々と達成感を漲らせた背中だったのだ。喜衛門に詳しく説明する気にはならなかったが、暁が落ち着いていることを含めて、多分、もう安全だろうとの確信があった。

「こういうことは、お互い様なのだ。もし私が奴でもここまでにする」

「では、若殿には鉄砲野郎の見当がついておられるのですかい？」

「ああ、朧気にな」

「誰です？」

喜衛門が真剣な眼差しで覗き込んできた。

「もしや、例の御趣味が……災いしたということでしょうか？」

喜衛門は、大介が十分に離れていることを確かめた後、声を潜めて質した。

「お前には、なんでも知られているからなァ」

小太郎は自嘲の笑みを浮かべた。

「では、やっぱり……だから手前が幾度も……」

小言を並べようとする中間を、小太郎は両手を上げて制した。

「もういいよ。いずれにせよ甲府勤番は終わったんだ」

「でも、現にこうして『おくり狼』が追ってきたわけですよね」

「本当に、このことはもういい……さ、行くぞ」

と、無理をしてヨロヨロと立ち上がった。

第一章　家主の帰還

一

——日本橋まで十里（約四十キロ）。

「やっと日野か……明日は江戸だな」

背後では、秩父の山並みに初秋の陽が沈もうとしていた。

日本橋まで十里——花崗岩を削り出した道標の七文字を見て、小太郎は深い溜息を漏らした。甲府からここ日野宿まで二十五里（約百キロ）を旅してきたが、振り返ってみれば、三日前の銃撃を含めて、もっともっと長く苦しい道程であったように感じる。

小太郎は今年の正月で二十二になった。

甲府に赴任したのは五年前の春だ。つまり十七にして「山流し」「甲府勝手」などと旗本たちの間で忌み嫌われる甲府勤番士を拝命したことになる。一応の基準があり、番士は十七歳以上六十歳以下の下級旗本の中から選ばれた。小太郎が十七歳になるのを「待ってました」とばかりに甲府へ飛ばされた格好だ。

「江戸かァ。懐かしゅうございますなァ」

暁の轡をとる喜衛門が、小太郎に振り向いた。その痘痕面が菅笠の下でニコリと微笑んだ。

甲州街道の日野宿、本郷村にある本陣に宿をとることにした。名主と問屋場を兼ねる佐藤家が営む豪奢な宿屋だ。倹約家の小太郎にとって、本陣などは贅沢で、普通の旅籠で十分だったのだが、一応は御用旅である。幕府の御威光を傷つけてもいけないから、多少見栄を張った。

街道に面した長屋門を潜り、唐破風を戴いた玄関の前で訪いを入れた。

「甲府御勤番のお殿様……これはこれは、お役目ご苦労様に存じます」

年配の主人が、紋付袴姿で客間に顔を出し、畳の縁に額を擦り付け、慇懃に挨拶した。

参勤交代で甲州街道を使う大名家は信州高遠藩、同高島藩、同飯田藩のわずか三家のみである。さらに日野宿は、八王子宿と府中宿という繁華な宿場町に挟まれており、御茶壺が通る時季でもなければ閑散としていた。小太郎のような足高三百俵の甲府勤番士でも、御用旅でさえあれば、上客として本陣に泊まれたし、こうして主人の挨拶も受けられる。これが繁忙期の東海道でもあれば、脇本陣はおろか、近傍の寺に泊められ、小坊主の挨拶を受けることにもなりかねない。

「甲府の紅葉はそろそろ色づく頃では？」

「左様、江戸より半月ほど早うござる」

三人の従僕と別れ、広い客間で一人所在なさそうな小太郎の話し相手を、佐藤彦右衛門と名乗る主人が務めてくれた。百姓身分ではあるが、苗字帯刀を許された名主で本陣の主だ。その経済力は、家禄五百石で、五年先の米まで札差に差し押さえられている小太郎の大矢家を遥かに凌ぐ。役人風を吹かせて居丈高に振舞うのは恥ずかしい。小太郎は、親族の年長者に接するような気持ちで、彦右衛門に相対した。

　その方針が幸いしたのか、若い旗本と老名主の会話は弾んだ。

「大矢様、甲府には長くいらしたので？」

「五年と少し、おりました」

「おお、それはそれは……」

　彦右衛門が大袈裟に天井を仰いでみせた。

「大矢様はお若いし、賑やかな江戸を離れ、お寂しかったのではございませぬか」

「ま、甲府は、猿と博徒しかおらぬ土地柄にござるからな」

「ハハハ、それは酷い」

　――かくの如し。本陣側の配慮もあり、日野での一夜は楽しく過ごせた。

　翌朝早くに、小太郎は日野を発った。彦右衛門は長屋門の外まで出て、家人や奉公人たちと共に手を振り、親しく見送ってくれた。後は懐かしい駿河台の拝領屋敷を目指して東へ進むのみだ。

　ちなみに、この佐藤家の三代後の当主は幕末期に天然理心流を修め、邸内に剣術の道場まで設けた。彼の妻の弟が、あの土方歳三である。謂わば義理の弟だ。また近藤勇は、同流の師範として佐藤道場を度々訪れた。

「それにしましても、江戸帰参が叶ってようございましたね」

暁の鞍上に揺られる小太郎に振り向いて、喜衛門が話しかけてきた。

中間といっても、喜衛門は采地の村から選ばれて大矢家に奉公している。彼の紺看板には同家の定紋である片喰が染め抜かれていた。渡り中間が着るような、汎用性重視の釘抜き紋などではない。

「甲府御勤番は、なかなか帰参できないと聞き、手前ら奉公人たちは肚を括っておったのでございますよ」

「どう肚を括ったね？」

「や、ま、どこまでも若様に従い、皆で甲斐国の土になろうと」

「ハハハ、随分と心配をかけたんだなァ」

多少の照れもあり、笑って誤魔化したが、内心では奉公人たちの忠誠心が嬉しかった。喜衛門は今年で四十になる。父より三つ若い。小太郎からすれば童の頃から傍にいてくれる叔父貴のような存在だ。

「ま、四人揃って恙なく戻れてよかった」

轡取り、槍持ち、鎧櫃持ち——喜衛門を含めて三人の奉公人を鞍上から見回した。

「江戸に戻ってからも、ひとつ宜しく頼む」

三人の従者は、歩きながら小腰を屈め、わずかに頭を垂れた。


江戸期の甲斐国は、全体が幕府の直轄地——所謂、天領であった。主城は甲府鶴ヶ城で、高位の旗本が城番として赴任した。

大坂城の城番は大坂城代、駿府城のそれは駿府城代などと呼ばれるのに、甲府城の城番だけは——決して「格落ち」ということではないのだろうが——なぜか甲府勤番支配と呼ばれた。

甲府勤番支配の定員は二名である。

諸大夫級の大身旗本から選ばれ、役高三千石に役料が千俵付く。鶴ヶ城に常駐し、本丸の北方、山手門外と南方の追手門外にそれぞれ役宅を構えた。現職は鳥居美濃守と大久保佐渡守で、鳥居が追手門組の頭領として小太郎の上役であった。五十絡みで赤ら顔の肥満漢——配下や出入りの商人に対して露骨に賂を求めるところから、陰では「銭美濃」と呼ばれ忌み嫌われている。

ひと月ほど前、まだ夏の暑さが残る頃、小太郎は銭美濃の役宅に呼び出された。

「よう参った。さ、上がれ上がれ」

賄賂を贈ろうにも銭のない小太郎などは、鳥居にとって「何の価値もない配下」であるはず。事実この五年間、そのように扱われてきた。それが下にも置かぬ歓待ぶり――少し面食らった。

（どうした銭美濃……気色悪いぞ）

銭美濃は、まるで愛人を抱きかかえるようにして小太郎を書院へと案内した。

「喜べ大矢、お前、江戸に帰れるぞ」

「ま、まことにございまするか！」

思わず声が上ずった。

今までの鳥居なら江戸帰参の相談をしても端から取り合ってくれず――

「大矢、甲府に骨を埋める覚悟を持て……それが嫌なら、銭を持って参れ」

――が口癖だったはずだ。その銭美濃が相好を崩し、小太郎の江戸帰参を我がことのように喜んでくれている。

「ワシも、股肱であるお前……や、貴公を失うのは辛いのじゃが」

（なにが貴公だ。なにが股肱だ。賂を出さない私を、徹底して除(の)け者にしておったではないか。生涯忘れぬぞ、この銭美濃めが）

広大な庭の木立の中で、盛んに寒蟬(ひぐらし)が鳴き交わしている。

「貴公がどうしても帰参したいと申すもので、ワシも色々と骨を折ったのよ」

「かたじけのうございます」

と、平伏しながら心中で舌を出した。そもそも銭美濃が、賂なしで配下のために動くはずがない。この男は他者のために損得抜きで働くと、急に体調を崩し、寝込む癖がある。それも仮病などではなく、深刻に患(わずら)ってしまうのだ。破廉恥な特異体質というしかあるまい。

「ときにな、大矢……」

銭美濃が周囲を窺った。襖(ふすま)や障子を開け放った風通しのいい書院には、鳥居と小太郎の二人きりだ。銭美濃はさらに声を絞り、顔を近づけてきた。わずかに沢庵(たくあん)の香が漂うほどの距離だ。どうやら、ここからが本題らしい。

「貴公の家は、あれか？　御老中の本多(ほんだ)豊後守(ぶんごのかみ)様になんぞ伝手(つて)でもあるのか？」

「御老中の？　ああ、本多様……」

小太郎の脳裏を、数多の思考と記憶が駆け巡った。

本多豊後守といえば老中首座で、先代将軍の娘を正妻に迎え、今や飛ぶ鳥を落とすほどの権勢だ。権門とは無縁の大矢家だが、実はこの本多豊後守だけは、父に微かな伝手があった。

（確かお若い頃、三年ほど同じ道場に通われたとか……）

所謂、剣友であろう。

往時、豊後守は譜代大名本多家の五男で、とても家を継げる立場ではなかった。厄介の気楽さから旗本の子弟が多く通う一刀流の道場に自分も通い、そこで小太郎の父と知り合ったらしい。

（つまり親父殿が、私を帰参させるよう御老中に頼んでくれた……そういうことかな？）

ただ、その後付き合いはなかったはずだ。若い頃三年だけ交流があった、その程度の縁で、果たして便宜など図ってもらえるものだろうか。小太郎以上に金のない父が、老中を動かすほどの賂を工面したとも思えない。

「では、確かにあるのだな？　御老中に伝手が？」

と、銭美濃が覗き込んできた。媚(こ)び諂(へつら)うような笑顔を浮かべている。沢庵がやけに臭う。臭い。

「ま、あると申せばございます」

「ほう、あるのか。実はな……」

やはり小太郎の帰参は、本多老中直々の下命があったらしい。時の権力者を背景に持つ大矢家の嫡男を「賂すら出さぬシブチン野郎」と邪険に扱ってしまった鳥居は戦々恐々としていた。肥満漢の月代(さかやき)から大粒の汗が滴り落ちたのは、甲府の残暑の所為ばかりではあるまい。

暁の鞍上で、銭美濃の赤ら顔とその困惑振りを思い出し、小太郎は苦笑した。甲府勤番中に受けた冷遇の仇(あだ)を討てたようで、少しだけ憂(う)さが晴れた。

最前、下高井戸(しもたかいど)宿を過ぎたから、もう後四里（約十六キロ）ほどだ。

（この五年間、私は放っておかれたのだ。なぜ今頃になって、御老中は動いて下さったのだろうか？　父上が富籤(とみくじ)に当たったか？　それとも、なにか御老中の弱みでも嗅(か)ぎつけたか……）

この五年間で二度ほど、父から手紙を貰った記憶がある。文面は、息子への謝罪の言葉で埋め尽くされていた。一応は「江戸帰参が叶うよう懸命に動いている」と書かれてはいたが、老中の「ろの字」さえ見当たらなかったのだ。

（父上はすべてに楽観的な御方だ。わずかな可能性でもあれば、もうすでに「事は成ったもの」とお考えになる性質だ）

もし老中の伝手が期待できるのなら、あの楽天家の父が、そのことを小太郎に自慢し、手紙に書き募らぬはずがない。

父のニヤけた顔が脳裏を過り、なぜか背筋の辺りがゾクッと凍えた。

（う～む、なんぞ嫌な予感がするな）

小太郎の父大矢官兵衛は、四十三年前、名誉の御書院番士大矢卯左衛門の長男として駿河台の拝領屋敷内で生まれた。四十を過ぎても、見た目は若い。根っからの遊び人で、酒と博打と女に目がない。ちなみに、酒は強いし、女にもモてる。しかし、博打は弱い。格好をつけて大きく張るから、負けが込む。年がら年中、金欠だ。

剣は相当に使うが、道場というよりは実戦——つまり町場の喧嘩——で腕を磨いた。総じて「正真正銘のゴロツキ旗本」なのである。

五年半前、父は幕府から急なお呼び出しを受けた。当時は小普請に編入されていた官兵衛だが、慌てて熨斗目に裃を着け、痩せ馬に乗って登城していった。

その日、夜遅くに帰宅した父は、玄関式台にがっくりと座り込んでしまった。祖父の代から務める家宰の小栗門太夫が声をかけても返事すらしない。ややあって、ただ一言ポツリと——

「死んだ方がましだァ」

この時官兵衛は、日頃の不行跡を小普請支配と直属の小頭からきつく咎められ、改易か甲府勤番かの選択を迫られたらしい。

「甲府なんてよォ。猿と熊しかいねェ土地柄じゃねェか」

実は、この甲府勤番を腐す言葉を最初に使ったのは、その折の官兵衛だったのである。その後、小太郎が実際に赴任してみて、さすがに熊は滅多におらず、博打が盛んな土地柄であることが判明し、以降は「猿と博徒しかいない土地柄」と呼ぶようにしている。これがまた、甲府以外の土地ではよく受けた。

「冗談じゃねェよ。オイラ根っからの江戸っ子よォ。甲府みてェな田舎なんかで暮らせるかい」

「しかし、甲府行きをお断りになれば、改易もあり得るのでは？」

門太夫の顔が青褪めている。シパシパと瞬きを激しく繰り返した。この男が緊張したときの癖だ。三河以来の家名と五百石の家禄、十名いる奉公人の命運がかかっている。傍らで聞いていた当時十七歳の小太郎は決意した。ここは嫡男である自分が責めを負うしかあるまい。

「父上、家督を譲って下さい。甲府へは私が参ります」

つまり官兵衛は隠居させるということだ。素行不良の官兵衛が身を引き、若い嫡男が甲府へ飛ばされるとなれば、上役たちの面子も立ち、なんとか溜飲を下げてもらえるはずだ。

「おお小太郎、そうしてくれるかい！」

潮垂れていた父の顔が、俄かに精気を取り戻した。

「お前ェは孝行息子だなァ。いい奴だァ。恩にきるぜェ」

「殿、なりませぬ！」

門太夫が、シパシパと激しく瞬きを繰り返しながら、まるで抱き付くようにして主人に諫言（かんげん）した。

「若殿は文武両道品行方正、大矢家の希望ではありませぬか。御城の本丸御殿で如何なる出世も望み得る人材にござる。甲府勤番などに沈めば、二度と江戸へは戻れませぬぞ」

「うるせェ。黙ってろ。オイラが動くよ。色々と伝手もあるんだァ。一年、否、半年の内に小太郎を江戸に呼び戻してみせる。ま、ここはオイラに任せとけ」

官兵衛が「任せろ」と大見得を切って、上手くいった例（ためし）がない。

「なに、住めば都って言うじゃねェか」

官兵衛は小太郎に向き直り、猫撫（な）で声で囁（ささや）いた。

「甲府も存外、いい所かも知れねェぜ、な？」

「猿と熊しかおらぬ土地柄ではないのですか？」

小太郎が真顔で返すと、驚いた鳩のような目で倅（せがれ）を見つめる官兵衛の鼻が、どうした具合か「キュー」と鳴った。奉公人を含めて、大矢家の玄関には重く冷たい沈黙が流れたものだ。

あの「キュー」から、もう五年半の歳月が流れている。

繁華な内藤新宿を経て、四谷の大木戸からは暁の馬首を北東へ、懐かしい駿河台の方角へと向けた。五年ぶりの江戸だ。町屋の賑わいもいいが、うねうねと緩やかな起伏を繰り返す番町の静寂もまたいい。北ノ丸を右に見て、九段の坂を飯田川（現在の日本橋川）まで下る。俎橋を東へ渡り、突き当たりを左に折れて北上すると、駿河台へ向けて道は徐々に上っていった。

「おい喜衛門、あの角を曲がれば、いよいよ懐かしの我が家だなァ」

「へ、へい」

中間が言葉を詰まらせ、掌で鼻を押さえた。他の奉公人たちも、鼻水をすすり上げている。小太郎自身、涙を堪えながら左の手綱を引き、築地塀の角を曲がった。

「え?」

一同、歩みを止め、その場に立ち尽くした。

「な、なんだありゃ?」

大矢邸だけが、周囲の景観から完全に浮いている。築地塀の内側に瀟洒な二階屋が所せましと立ち並んでいたのだ。まるで、そこだけが町屋の、それも繁華街の表店(だな)のような印象を受ける。

「ち、父上……な、なにをしでかされたのですか？」

文武両道で品行方正な大矢小太郎、愛馬暁の鞍上で低く呻いた。

二

「ちょいと、お待ちになっておくんない」

髷(まげ)を高く結(ゆ)い上げ、月代を広く剃った着流しの町人が二人、大矢家の門内から走り出てきて、暁の行く手を遮(さえぎ)った。長脇差(ながどす)こそ佩(お)びていないが、その険しい目つき、刀物傷らしきバッテンが幾つもついた顔を見れば、堅気でないことはすぐに見て取れた。

「下がれ。邪魔だ。道を空けろ」

轡を持つ嘉衛門が厳しく咎めたが、ゴロツキが怯(ひる)む様子はない。

「御武家様、どちらへおいでで？」

「お前に、行く先を告げる義理はないと思うぞ」

あまりの無礼さに、いきり立つ奉公人たちを制し、馬上から小太郎が一喝した。

「もしも大矢様のお屋敷に御用なら、符丁を見せておくんない」

と、小指のない左手を差し出した。

「符丁とは、なにか？」

「符丁は符丁でさ……大矢屋敷の御門を潜る資格があるのか、ないのか見極めさせていただきます」

「無礼者。大矢家御当主、大矢小太郎様である！」

辛抱堪らず、嘉衛門が怒鳴りつけた。

二人のゴロツキはさすがに驚いたようで、互いに目配せをし合っていたが、やがて小指のない方が小腰を屈めた。

「知らぬこととは申せ、御無礼致しました。すぐに御門を開けますので」

「待て」

馬上から小太郎が呼び止めた。

「なぜお前が門を開ける？　お前は大矢家の奉公人か？」

「とんでもございません。殿様から……いえ御隠居様から、門番をするようにと仰せつかっておりますので」

「父上から？」

先代当主がゴロツキを門番に起用する――明らかに、尋常ならざる事態になっているようだ。

「ま、よい。では門を開けてくれ」

「へいッ」

邸内に去りかけた二人の男の背中に再度声をかけた。

「待て。その左手の小指のないお前だ」

「へいッ」

年嵩（としかさ）のゴロツキが小腰を屈めた。騎馬の武士から呼び止められて、表情一つ変えないところを見れば、よほど胆の据わった男なのだろう。

「名を訊いておこうか？」

「いえいえ、名乗るほどの者ではございませんから」

と、刃物傷だらけの顔の前で、ことさらに左手を振ってみせた。

左利きでもなければ、ふつうは右手を振るところだろう。あえて小指のない手を見せることで、小太郎に凄んでいるつもりなのかも知れない。いずれにせよ、この男は要注意だ。

「お前は、我が父から門番を命じられておるのだろう。私はこの家の当主だ。当主の私が門番の名を知らぬという道理はない。だから訊いておる。名乗れ」

しばし、沈黙が流れたが、やがて——

「へいッ。源治と申します」

「源治か？」

「へいッ」

「よし源治、我が屋敷の門を開けよ」

「へいッ」

ゴロツキは、一礼して潜り戸から邸内へと姿を消した。

「どういうことでしょうか？」

憤懣やりきれぬ様子で、嘉衛門が溜息をついた。

五年半の間に、大矢家は随分とおかしなことになっているようだ。ただそれも、父の判断であれば、等閑にはできまい。

「よいか」

と、三人の奉公人たちを見回した。

「私が父上に事情を確認する。それまで邸内で諍いは起こすな。お前たちは名門大矢家の奉公人だ。いつ何時も矜持を忘れずに行動せよ」

忠義の奉公人たちが小腰を屈めたのと同時に、長屋門の門扉がギシリと重々しく開いた。

三

「だからそうじゃねェよ。全然違うよォ。誤解だよォ」

大矢官兵衛は露骨に嫌な顔をして、逃げ腰になった。

「父上、お待ち下さい」

小太郎は、立ち上がろうとする父の袖を必死で摑んだ。高級絹織物独特の厚みと滑らかな感触が指先に伝わった。滝縞の深い鼠の小袖——官兵衛は、高価な大島紬をゾロリと粋に着流していた。対する小太郎は旅装のままだ。肩の辺りが白々と陽に焼けた羽織に擦(す)り切れた野袴、脚絆(きゃはん)こそ式台で脱いだが、手甲(てっこう)はまだ外していない。着道楽の父と、己が身を飾ることには無頓着な倅であった。

「話はまだ終わっておりません」

最前から小太郎は、ゴロツキから「符丁がないなら、屋敷内に入れない」と門前で凄まれたことを父に伝え、説明を求めている。旗本家の当主が己が屋敷に入るのに、ゴロツキから許諾を受けねばならぬとしたら由々しき事態だ。倅の剣幕に、父は嘆息を漏らし、ようやく座り直した。

「これ、と約束があんだけどなァ」

と、自慢げに小指を立てて見せた。源治とかいうゴロツキには小指がなかった。

「どこぞの大店(おおだな)のお嬢らしいんだが、芝居小屋で声をかけたらホイホイついて来やがってよォ、へへへ」

「存じませんよ。ね、父上……なぜゴロツキを門番に？　奴等は何者ですか？」

「店子(たなこ)の身内だよ。ま、舎弟だな」

「た、店子ね」

大矢家は、三河以来の直参旗本である。付言すれば、名誉ある両番筋(りょうばんすじ)の家柄だ。

裏長屋などに住む借家人を指す「店子」との言葉が、父の口から自然に出て、小太郎は若干の眩暈を覚えた。

「見ての通り敷地内に貸家を数軒建てた。お前ェに凄んだゴロツキは、貉の源治と呼ばれてな、相模屋藤六って貸元の代貸だァ」

ちなみに、貸元は博徒の親分を指し、代貸は貸元の一の子分で副親分といった位置付けか。

「その相模屋が、店子なのですね？」

「そうそう……気のいい野郎さァ」

父が笑顔で頷いた。

生活に困窮した武士が、広い拝領屋敷の敷地内に長屋や貸家を建て、そこから得た家賃収入を生活費に充てるのは決して珍しいことではない。ただ、それにしてもだ。貸家の数が多すぎる。敷地内に所狭しと立っている。さらには、博徒ときた。もう少し入居者を選ぶのが普通だろう。

「なぜ博徒なんぞに家を貸したのですか？」

「こら小太郎、お前ェの思想は間違ってる。職業に貴賤はねェはずだァ。それに、ああして門前に立たせておけば門番代わりにもならァな」

「御近所への外聞もございましょうに」

「他人の目を気にして『野糞ができるか』ってんだ。人間『嫌われる勇気を持て』って話だよ」

「な……」

無茶苦茶な理屈には腹がたったが、これでも一応は父である。小太郎、忠孝の観点から自らの怒気を抑え込んだ。

「ま、父上がやられたことですから、それも宜しいでしょう」

「有難ェ、分かってくれるかい……それじゃ、オイラァこれで」

と、立ち上がろうとするから、又復、小袖を摑んで制止した。

「父上、まだです」

「ま、まだなの？」

「まだです」

「あ、そう」

渋々、座り直した。

「そのゴロツキに貸した家はどれですか？　ここから見えますか？」

「あの切妻の二階屋だァ」

「どれも二階屋で切妻ですが？」

「や、左隅の奴だ」

官兵衛は、開け放たれた障子から見える数軒のうちの一軒を指さした。元々は趣味の良い広大な庭園だったのに、今や町屋のように家が立ち並んでいる。

「随分と建てましたね……相模屋以外にも店子は入っているのですか？」

「おう、そこは抜かりねェわ。満員御礼。大した人気で、全戸満杯よォ」

官兵衛が自慢げに続けた。

「それにオイラは、誰でも店子にするわけじゃねェ。人を選んでるんだ。直参旗本の屋敷に住む資格があるのか、ねェのか……厳しく吟味してな。だから店子たちは、誰も彼も当代一流の人物ばかりだぜ」

「相模屋も当代一流ですか？」

「や、ま、あれは特別だァ。ちょいと事情が……あってなァ」

そう言って父は視線を畳に落とした。官兵衛は、思いがすぐ挙動や表情に表れる性質だ。根が余程馬鹿正直なのだろう――ただの馬鹿かも知れないが。

「どうせ、弱みでも握られたのでしょ？」

「ハハハ、まさか」

俯いて、首筋をポリポリと掻(か)いた。

「博打で負けましたね？」

「え？」

驚いた様子で倅を見た。

「相模屋に借財をお作りになったのですね？」

「ど、どうして分かった？　お前ェは八卦見(はっけみ)か？」

ま、占い師でなくとも大概想像はつく。

「で、幾ら？　借財は幾らあるのですか？」

「大した額じゃねェ」

「だから、幾ら？」

「は、八百文（約一万二千円）」

さすがに、金額が小さかろう。

「嘘はよくありませんよ」

「八百……両（約四千八百万円）かな」

「父上……」

　さすがに呆れた。父の借財ということは、いずれ小太郎自身が背負うことになる八百両だ。

　ただ、幸い現在は家禄に加えて貸家からの副収入があるだろう。家賃から少しずつ返済することも可能なはずだ。まずは、収入を勘定してみることにした。

　裏長屋の家賃が、月に坪当たり二百文（約三千円）の時代である。武家屋敷内の一軒家なら倍は吹っ掛けても大丈夫だろう。月に坪当たり四百文（約六千円）取ったとして、一階と二階を併せて二十坪の家なら家賃は八千文——ざっくり二両（約十二万円）となる。

　月に二両を支払えるのだから、それ相応の名士であるはずだ。博徒の相模屋藤六の他の面子は——国学者、歌舞伎役者、蘭方医、絵師などであるそうな。

「ほう、相模屋以外は、なかなかの顔ぶれですね」

「だろう。安心したかい。オイラの人徳って奴よ」

幕府は、幕臣が拝領屋敷に貸家を建てることを大目に見ている。背に腹は代えられないのだ。しかし、もし店子が不祥事でも起こせば「家主としての責任」を厳しく問われかねない。その点、各界の名士であれば犯罪や醜聞とも無縁であろうし「一応は安全」ということだ。

「何軒建てたのですか、貸家」

「五、六軒かな」

「五軒ですか、六軒ですか？」

「……六軒」

「銭はどうされました？　六軒も家を建てたら相当な物入りだったでしょう」

「そりゃ、山吹屋から借りたよ。『はい』と二つ返事ですぐ貸してくれたね」

山吹屋は蔵前の札差だ。すでに大矢家は多額の銭を借りており、五年先の年貢米まで担保に押さえられていた。ちなみに、札差とは米の仲介業者である。本来は武家の蔵米を米問屋におろし、わずかな手数料を取っていた。それがいつの間にか、米を担保に銭を貸すようになり、今や武士相手の高利貸しとして莫大な利益をあげている。

小太郎は首を伸ばし、庭に立ち並ぶ貸家群を品定めした。首を伸ばした時、銃撃されたとき傷めた首の筋が微かに痛んだ。

(見る限り、六軒全棟が二階建てか……豪奢なものよ)

小太郎は、素早く建築費を暗算してみた。

それぞれの貸家の延床が二十坪とし、坪当たりの建築費が五両(約三十万円)と見積もれば、一軒建てるのに百両(約六百万円)かかる。六軒なら六百両(約三千六百万円)ほどか——

「山吹屋から、六百両もお借りになられたのですか?」

「ど、どうして分かった? お前ェは陰陽師か? 金額がピタリだァ……甲府で妖術でも覚えたか?」

官兵衛が目を剝いたが、小太郎は一々反応せず、話を前に進めた。

「博徒に八百両、札差に六百両……父上、首が回りませんな」

「なに、銭は天下の回り物だから」

「はあ?」

あまりの無責任な発言に、思わず父の目を覗き込んだ。官兵衛が目を逸らし、父子の間には冷ややかな沈黙が流れた。

その時急に——貸家のどこかから、男の罵声が流れてきた。「お前の何処に、才能があるというんだい」と吐き捨てるように怒鳴った。

「あれは？」

声の方を指さして父に訊ねた。

「歌舞伎役者の中村円之助だァ。絵師の歌川偕楽とは飲み仲間だが、酔うとよく喧嘩するんだ。ま、気にするこたァねェよ」

「昼間から飲んでいるのですか？」

「二人とも飲み助だ。普通だよ」

家の中から「下手糞」「素人」「三流」など、相手を貶める怒声が響いてきた。

「それにしても激しい口論ですね……」

まさに罵り合いだ。

「お前なんぞ馬の足役がお似合いだ馬鹿。このヘッポコ役者がァ！」

今、言い返したのが絵師なのだそうな。

「腐れ絵師に言われたかねェや！」

「なんだと、この大根役者」

ガタン。ゴトン。

今度は騒音と振動が伝わってきた。いよいよ事態は口喧嘩から殴り合いか摑み合いに発展したようだ。

「うるせェ馬鹿！　声がでけェ！　家壊したら殴り殺すぞ！」

辛抱堪らず、官兵衛が庭に向かって吼えた。物音と振動はピタリと止んだ。

「ふん、どうだい、一発だろ」

官兵衛が自慢げに、小太郎を見た。

父の貸家経営の一端を垣間見る思いがした。父子はしばらく睨み合っていたが、やがてどちらからともなく噴き出した。

「父上らしい」

「へ、大事な貸家を壊されてたまるかい。そもそも、大家が店子になめられたらしめェだァ」

「確かに、ハハハ」

こういう悪ガキがそのまま大人になったようなところが、なんとも官兵衛の憎めないところである。事実小太郎自身も、色々と腹がたつことも多いが、この父のことは決して嫌いではない。

「ま、それにしても、六百両もの大金を、山吹屋はよく貸してくれましたね」

「おう、快く貸してくれた」

「なんぞ、魂胆があってのことでしょう。山吹屋は腹黒い。気を付けた方がいいですよ」

「そんなこたァねェ。あれでなかなかいい漢(おとこ)だよ……なんでも年頃の娘がいて、大層な別嬪(べっぴん)らしいぜ」

「別嬪って……まさか父上、今回の借財、妙な条件がついておるのではありますまいな？」

「ど、どうだったかなァ？」

父が露骨に視線を逸らすのを見て、小太郎は確信した。山吹屋は「銭を貸す代わりに娘を小太郎の嫁に」と条件をつけたのだ。以前からそういう気配はあった。そしておそらく、その話を父は即決で快諾したはずだ。

（まったく……銭のためなら息子の嫁なんて「女なら上等、なんでもいいよ」とで

も思っておられるのだろうなァ）

　山吹屋は札差業で莫大な富を成した。後は名誉と身分だけだ。そこで、銭こそないが三河以来の名門旗本家に己が娘を嫁がせ、あわよくば娘が産んだ孫を直参旗本に据える。その野望を遂げるためなら、六百両ぐらいは彼にとって極めて安い投資だったはずだ。

（ま、私もこのまま終わる積りはない。いずれは幕臣として、江戸城本丸御殿内で勝負がしてみたい。その場合、札差の財力を背景に持てるというのは、存外悪い話ではないかもなァ）

　理想と現実は違う。出世は賂の金額次第だ。このことは甲府勤番の五年間で身に染みている。

「父上、貸家は六軒と仰いましたね」

「おう。武士に二言はねェよ」

「ひい、ふう、みい……」

　小太郎は指折り数えてみた。博徒、歌舞伎役者、国学者、蘭方医、絵師――六軒の貸家に対して店子は五人だ。

「最前、全戸満杯だと仰いましたが、店子は現在五人ですよね？」

「や、実はもう一人いるんだ」

と、声を潜めて顔を近づけた。

「何者です？」

「うん。元は辰巳芸者だ」

辰巳芸者とは大川の東、深川の芸者衆を呼ぶ。御城から見て「辰巳の方角」にあるからそう呼ばれた。

「名は佳乃。別嬪の姐さんだが……ちとワケアリでな」

「ま、まさか父上の？」

と、小指を立ててみせた。

「そんなんじゃねェよ馬鹿。実はな……」

と、官兵衛はさらに声を潜め、小太郎の耳元に囁いた。

「さる大名のお妾なのさ」

「ほう。芸者が大名のお妾ですか？」

「筆頭老中、本多豊後守よ」

そう小声で言ってニヤリと笑った。

「ああ、なるほど……なるほどね」

これですべての謎が解けた。

豊後守も大名なのだから、女が欲しければ堂々と側室を設けるとか、奥女中を閨に呼ぶとかすればいいはずだ。しかし、豊後守の正妻は先代将軍の息女。美貌だが、かなり悋気が強いらしい。現在、筆頭老中として権勢を揮えるのも「先代将軍の娘婿」の肩書があってこそだ。もし正妻を怒らせ、最悪離縁ともなれば、政治的には死を意味しかねない。それで、こそこそと古い剣友の家に妾を囲い、束の間の逢瀬を楽しんでいる。つまり、そういうことだ。

「で、父上が私を江戸に戻すようにと、御老中に掛け合われたわけですね」

「まあな。俺ァ老中の弱みを握ってるってわけよォ。怖い物なしさ。矢でも鉄砲でも持ってこいってんだ」

「大丈夫ですか？」

江戸に戻れたのは有難かったが、父の増上慢は、小太郎に一抹の不安を掻き立てた。なんでも楽観的なお人なのだ。

「北条政子は、郎党たちに命じ、夫頼朝の妾宅を焼き討ちさせたと申しますよ」

先代将軍の息女が現在、如何ほどの権勢を持っているのか知らないが、頼朝の妻に倣って、この屋敷を焼き討ちされては断じて困る。

「いずれにせよです」

小太郎は威儀を正して座り直した。

「そのお妾のお蔭で、私は甲府勤番から江戸へと戻れたわけですから、ここは前向きに捉えましょう」

「オイラも、頑張ったんだぜ？」

「や、勿論です。父上には感謝しております」

ただ、元々小太郎が甲府へ赴いたのは「官兵衛の身代わり」だったわけだ。父はもうそんなことは疾うに忘れているのだろうが。

「ま、折角建てた貸家、なんとか経営に目鼻を付け、少しずつでも借財を返していければと思います」

「よく言った。さすがはオイラの倅だァ。嬉しいねェ。一つ今宵は、お前ェの江戸帰参を祝って、親子でパアッと飲むか？」

「御相伴(ごしょうばん)しますが、贅沢はいけませんよ。肴(さかな)は漬物(つけもの)で十分です」

「こらァ小太郎、吝臭(けちくせ)ェこと抜かすない！」

「でもね、父上……」

今後は六軒で月当たり十二両、一年で百四十四両（約八百六十四万円）の家賃収入が見込める。これは禄高四百十一石の武士の年収に相当する。ま、かなりの金額だ。しかし――

「山吹屋に六百、相模屋に八百、都合千四百両（約八千四百万円）の借財がございます。これに金利がつきますから、ざっくり倍の金額を返すことになる。家賃収入を全額返済に充てても二十年はかかる計算ですぞ」

「に、二十年かい……オイラ、六十三だなァ」

「ですから父上、節約は欠かせぬと申し上げております。肴は漬物で上等です」

「参ったなァ」

と、道楽者の父が頭を垂れ、切なげに首筋を掻いた。

四

「た、救(たす)けてくれェ」

一間(約一・八メートル)四方もありそうな巨大な賽子(さいころ)が転がり、まさに圧(お)し潰されそうになった刹那、目が覚めた。

チュンチュン。チュンチュン。

障子越し、庭で遊ぶ雀の声が聞こえてくる。夜具の上、小太郎は大の字となり横たわっていた。

(妙な夢だったな……さすがに疲れておるのだろう)

見上げる天井の杉板の木目には見覚えがあった。子供の頃から眺め続けた複雑な模様だ。のたうつ竜にも、川の流れにも見える。

(川の流れか……)

ふと、甲府を流れる釜無川河畔(かまなしがわかはん)で、足を洗っていた農家の娘が思い出された。程よく陽に焼け、すらりと姿のよい少女だった。土手の上から小太郎が見ているのに気づくと、慌てて身繕いを整え、恥ずかしげに微笑み、コクリと会釈してみせた。

その後も幾度か見かけ、その都度会釈を交わしたが――それだけ。結局、名も訊かず、言葉も交わすことなく、小太郎は甲府を離れることになった。

「縁がなかったのだ。ま、仕方ない」

と、小さく呟き、身を起こしかけた刹那、酷い頭痛に襲われ、小太郎は思わず蟀谷を押さえた。

（昨夜の酒か……）

父と用人の小栗門太夫、若党の瀬島修造の三人が、小太郎の帰参祝いをやってくれたのだ。節約のため、あらかじめ「酒は四人で一升まで」と決めて飲み始めたのだが、途中から、借家人の歌舞伎役者が、徳利を両脇に抱えて乱入、結局、五人で四升を飲み干した。小太郎が飲んだのは精々五合足らずだが、あまり酒が強くない性質だから、宿酔するのに十分な酒量と言えた。

ちなみに、大矢家の奉公人は十人で、その内、門太夫と瀬島だけが武士階級に属する。二名いる下女を含め、残りの八人は中間と小者だ。昨夜彼らには、小太郎から一升徳利を下賜、厨の板敷きで別途酒盛りを開いていた。

「あ、そうか……なるほどね」

布団の上に胡座(あぐら)をかいた小太郎、小声で呟き頷いた。

役者が、徳利持参で乱入したのは、官兵衛が厠(かわや)に立った直後であった。父のことだから、小便のついでに、酒好きの円之助に一声掛けたのだろう。酒好きでは絵師の偕楽も人後に落ちないが、円之助と二人で飲むと喧嘩を始めるらしいから、声を掛けなかったようだ。

どうりで「酒は四人で一升まで」に、父が強く反対しなかったわけだ。最初から円之助を呼び込む積りだったのだろう。まったく、抜け目がない親父だ。

普段は思想が大雑把で、万事抜けている官兵衛だが、酒と博打と女が絡むと、なぜだか悪知恵が働くし、機敏に動く。

(円之助は無類の酒好きだ。偕楽も嫌いじゃないようだ。父上に近づけるとろくなことはないな。覚えておこう。他に、老中の妾、博徒の親分……後二人は、あ、蘭方医と国学者だ。ま、医者と学者なら、そうそう変な奴でもあるまい)

と、高を括った。

ゴソゴソと起き出し、身形(みなり)を整え、障子を開けて広縁に出た。

清々しい初秋の朝である。

グッと伸びをしたのだが、すぐ目の先は無粋な板塀で塞がれており興冷めだ。錦鯉が泳ぐ泉水は埋められ、築山は崩され、所狭しと貸家が立ち並んでいる。今や庭と呼べるのは、十坪ほどであろうか。その十坪も、貸家が六軒とも二階屋なことで陽当たりが悪く「何をどこに植えても育つ」という環境にはないらしい。石組みを囲むように柘植や山茶花を植え、根締に千両、龍ノ髭、ツワ蕗などを設えている。日陰を好む植生を並べて、なんとか体裁を整えていた。

並んだ貸家の玄関先を、粗末な身形の若い娘が、竹箒で掃いている。姿形がどことなく釜無川の少女に似ており、小太郎の心は騒めいた。広縁に出てきた家主に遠慮したか、娘は掃除を止め、こちらに深々と一礼して家の中に入ってしまった。三軒並んだ真ん中の家だ。

（あそこは確か、老中の妾の家だ。つまりあの娘、妾が使っている女中か小間使いということになるのかな）

「殿」

若党の瀬島が広縁に畏まった。

　若党は、足軽の上、徒士の下に位置付けられる武家奉公人である。武士としては最下層の範疇に入るが、貧乏旗本の大矢家では、主人や用人の命を受け、他の奉公人を指揮統率する重要な役目を担っていた。頭脳も剣術も容姿も一流からは程遠いが、誠実で真面目な男だ。

「雉子橋御門へは、五つ（午前八時頃）前に参りませんと」

「うん。父上は？」

「現在、お召し替えをなさっておられます」

　雉子橋御門とはこの場合、老中本多豊後守の上屋敷を指す。老中の登城は朝の四つ（午前十時頃）と決まっているから、その前に、面会を済ませておこうというのだ。面会といっても、父と二人で伺候し、帰参の挨拶と御礼、今後の出仕を願うだけだからすぐに終わる。

「お召し替え、お手伝い致しましょうか？」

「や、自分でやるよ。それより、供は中間三人だ。馬には乗らん。徒で参る。槍は喜衛門に持たせよ」

「委細承知」

と、一礼して瀬島は去った。父と自分にそれぞれ草履取りが一人ずつ。父は隠居の身だから槍は不要だろう。大矢家にいる馬は暁が一頭だけだから、自分が騎乗でいくと父を歩かせるはめになる。総じて、若党に命じた通りで大丈夫だろう。

小太郎は、自室に戻り、簞笥(たんす)から熨斗目と裃を取り出し、手慣れた様子で着付けを始めた。母は長患いの末、小太郎が十四の折に亡くなった。自分が死ぬと家に下女以外の女手がなくなることを案じ、小太郎に、裃の着付けやら、簞笥への仕舞い方、簡単な裁縫までを、咳をしながら丁寧に教えてくれたものだ。遊び人で浪費癖のある夫の不満を口にすることもなく、静かに生き、静かに逝った母の人生――今では、息子である自分が、人として、武士として、大矢家当主として、恥ずかしくない生き方をすることが、なによりの供養だと思いなしている。

（母上のお墓にも、帰参の報告に行かねばな）

扇子を帯に差し、背筋を伸ばし、ポンと下腹を叩いて気合を入れた。

駿河台の屋敷から雉子橋御門までは、歩いて四半刻（約三十分）もかからない。

父と三人の中間を従えて緩い坂を下った。

「ね、父上」

背後を歩く父に振り返り声をかけた。

「え……ああ、なんだい？」

少し慌てた様子だ。今すれ違った年増に色目を遣(つか)っていたのだ。先方も気があるのか、艶然(えんぜん)と笑みを返していた。そういえば先日は、素行の悪い商家の娘を芝居小屋で「引っ掛けた」と自慢していた。事ほど左様に、父は艶福家(えんぷくか)なのである。なぜか女を引き付ける。引き寄せる。その点、自分はからっきし駄目だ。甲府時代に同僚に誘われ、幾度か飯盛り女を抱いたことはあるが、その程度だ。釜無川の娘だって、もしあれが父なら、気さくに話しかけ、大いに笑わせ、その日の内に自分のものにしていたはずだ。

「先方様に……御老中に話は通してあるんですよね？」

「話って？」

「や、だから……昨夜申したでしょ？　江戸帰参が叶ったのだから、早速本丸御殿に出仕し、何等かのお役につきたいと」

「誰が？」

「私がですよ！」

少し声が大きくなった。我が父ながら、惚けた間抜け面に腹がたってきた。

「昨夜は『豊後守に話は全部通してあるから、オイラに任せとけ』って、確かに仰ったじゃありませんか」

「そ、そうだっけかァ？」

「父上は『豊後守は書院番士として出仕させると請け合った』とも仰いましたよ」

「記憶にねェなァ」

「そんな……」

前に向き直り、静かに息を吸い、ゆっくりと吐いて心を整えた。

これは「すべて自分が悪い」と思うようにした。酔った父に重要な話を持ち掛け、その言葉を信じた自分の落度である。猛犬の口に自ら手を突っ込み、噛まれたからと、犬を責められないのと一緒だ。多少の語弊はあろうが。

黙って歩いた。怒りで膝がワナワナと震えている。

「冗談だよォ」

背後から軽く肩を叩かれた。

「え、冗談？」

と、思わず振り返った。

「お前ェの出仕の話だろ？　ちゃんと通してあるさ」

「御老中に？」

「おうよ。ただな……」

「ただ？」

足を止め、父に振り返った。当主が止まったので、一行の歩みも止まる。最後尾を俯き加減で歩いていた若い中間が、喜衛門の背中へ突っ込みそうになった。

「妾の家に忍んできたときにした話だから、野郎も浮ついててよォ。安請け合いみたいな感じでどうにも気に食わねェ。それで今日は、こうしてお前ェと二人、確認のため野郎の屋敷に乗り込むことにしたわけよ」

「なるほど……では一応、先様の耳に入ってはいるのですね？」

「うん。オイラは確かに伝えたよ」

なにも、目付や奉行に推挙してくれと頼むわけではない。最初は平の書院番士で上等なのだ。

「なんだい、ありゃ？」

「さあ、なんでしょうね」

官兵衛が冷笑したので、小声で応じた。私語は厳禁らしいが、このぐらいは大目に見てもらおう。

豊後守はすぐに現れた。こちらも家来に倍して挙動不審であった。ガラリと襖を開け、素早く入室すると、背後の廊下の気配を窺う。尾行者の有無を確かめているようだ。己が屋敷で？　尾行者？

「よお、五郎左（ごろうざ）」

父が昔の通り名で明るく呼びかけたが、豊後守は人差指を口に当て「シッ」と剣友を制した。四十三の若さで老中首座にまで上り詰めた男だ。如何にも能吏然とした鋭敏そうな容貌が、熨斗目に裃の正装によく映（は）えている。

後ろ手で襖をソッと閉めると同時に大矢父子を跳び越えるようにして走り、広縁から庭へ飛び降り、床下を覗き込んだ。

「五郎左、どうした？」

豊後守は答えず、庭から広縁へ跳び上がり、書院へ戻ると一旦は障子を閉めたが

思い直し、また障子を開き、そのまま上座に端座した。咳ばらいを一つ――

「本多豊後守である」

「ははッ」

小太郎は平伏したが、官兵衛は「よせやい」とでも言いたげに、顔の前で手を振った。その官兵衛の手があたるほどの距離まで、豊後守は膝でにじり寄り、顔を寄せ、声を潜めた。

「なぜ屋敷（ここ）に来る？　貴公の屋敷で話せば済むではないか？」

「オイラの家に来るときの貴公は、なにを話しても上の空だ。まるで腑抜（ふぬ）け……話にならねェよ」

「腑抜け……そのようなことがあるものか、ワシは老中首座であるぞ。無礼な」

と、一応は反駁（はんばく）したが、あまり迫力は感じられない。自分でも腑抜けの自覚はあるようだ。妾との逢瀬が、如何に甘美で悦楽に満ちたものであるかの証左とも言えよう。ここで豊後守と小太郎との目が合った。

「これが貴公の自慢の倅か？」

と、小太郎に一瞥（いちべつ）をくれた。父子は並んで端座している。豊後守がにじり寄った

ので、三人は書院の中央部で膝を突き合わせる格好だ。傍からは、男三人でお手玉遊びでもしているように見えるだろう。

「こいつァ小太郎ってんだ、宜しくな」

「大矢小太郎にございまする」

あまりに近すぎて平伏できない。この距離で無理に平伏すれば、豊後守の股間辺りに顔を埋める仕儀ともなりかねない。可能な限り、深々と会釈することでお茶を濁した。

「貴公、まだ独り身だな？」

老中が小太郎に質した。

「はッ」

「嫁は掃溜めで探せ。いいとこの娘などを貰うと人生が狂うぞ。よいな？」

「え、はあ、あの……」

どう応えるべきか判断がつかず、シドロモドロになった。この御仁の妻は、先代将軍の娘である。下手に認めると「幕藩体制への反逆」「将軍家への不忠」との誹りを受けかねない。

「つまり、貴公が床下を探ってまで警戒しているのは、奥方様かい？」

「馬鹿ァ！　大きな声を出すなァ」

と、扇子の先で官兵衛の裃の肩を叩いて吼えた刹那、己が口を己が手で覆い、ビクビクと辺りを見回した。

（こりゃ、相当な恐妻家だな……妾なんぞ囲って大丈夫か？　と、いうより、この国の将来は大丈夫か？）

と、小太郎は一抹の不安を覚えた。

「な、五郎左、落ち着け……」

官兵衛が小声で、小動物のように怯える剣友を宥めた。

「屋敷に押し掛けたのはオイラが悪かった。用件が済んだら、すぐに消えるよ」

「用件だと？　倅を同道したところを見れば、どうせ例の出仕の件であろう？」

月代にかいた汗を懐紙で拭いながら、豊後守は話を続けた。

「案ずるな。その筋には通してある。平の書院番士でよいのだな？」

「ははッ、有難き……」

「待て」

右掌を鼻のすぐ前にかざされた。運命線が中指にまで突き抜けている。出世はしようが、因果な手相と見た。

「御書院番士に推挙するには、一つ条件がある」

「条件？」

豊後守は小太郎に頷き、次に官兵衛に向き直った。

「あの博徒どもをなんとか致せ」

「博徒って……相模屋か？」

「御書院番士は、上様のお傍近くにお仕えする要職じゃ。その拝領屋敷にゴロツキが巣くっておる。しかも、月に三度、屋敷内で賭場を開帳しておるではないか」

「ああ、そこかい……」

豊後守に厳しく睨みつけられ、官兵衛は嘆息を漏らした。

相模屋藤六は、毎月「一」の付く日に、大矢邸内で賭場を開帳している。朔日と十一日、二十一日の三日間だ。豊後守は、三日にあげず妾の元へと通う。賭場の開帳に嫌でも気づく。

「もし目付にでも嗅ぎつけられたら、このワシでも庇いきれん。無役なら見過ごされることでも、御書院番士ともなれば大目には見てくれん。倅をお役につけたければ、博徒との縁を切れ」

（ほお、昨夜の妙な夢見は、このことを告げてたのだな）

昨夜、小太郎は巨大な賽子に圧し潰されそうになる夢を見た。賽子は博打や博徒の象徴だろう。奴等が災いになることを予言する夢だったようだ。

「でも、縁を切るって……オイラ、どうすりゃいいんだい？」

官兵衛が困惑の表情で剣友に訊ねた。

「ワシが知るか……ただ、ま、一般論だが」

老中が、大事な妾の家主に助け船を出してくれた。

「邪魔者は追い出すか……さもなくば、消すかだな」

「こ、殺すんだな？」

「父上、過激すぎますよ」

老中と父の短絡的会話を小声で窘め、小太郎は天井を仰いだ。

「小太郎とやら、もし本丸御殿で働きたいのなら覚えておけ、保身に『やりすぎ』などない。如何なる手を使ってでも我と我が身を守れ。よいな？」

「は、はい」

「相模屋をどう料理しようが、貴公たちの勝手だが……但し、この件に関し、当家は一切関知しないからそのつもりで。では、健闘を祈る」

老中は無慈悲にそう言い放ち、席を立った。

六

本多邸を辞した後、供の中間たちは先に帰した。

相模屋をどうするかの相談だが、内容が内容だけに、余人を交えず父子だけで話すことにしたのだ。正装の侍が二人、昼間から――厳密には朝から――入れる店などあるのか不安だったが、父が鎌倉河岸（かまくらがし）の煮売酒屋「水月（すいげつ）」に案内してくれた。江戸城の内堀をなす飯田川と龍閑川（りゅうかんがわ）の分岐を望む瀟洒な店である。

「よお、オイラだぜェ」

父は慣れた様子で、まだ暖簾（のれん）の出ていない腰高障子（こしだかしょうじ）の引き戸をガラリと開けた。

「あら殿様、お久しぶりで」

三十前後の婀娜(あだ)っぽい年増が出迎えてくれた。名をお松(まつ)という。板前と小女を雇い「水月」を切り盛りしている。

「二階、いいかな？」

「ええ勿論。こんな時間から来てくれるお客なんて、殿様ぐらいですから」

「もう殿様は止めてくれ。オイラ、五年も前から隠居だよ」

そう苦く笑いながら、官兵衛は親指を立て、グイと小太郎を指した。

「では、こちらの方が？」

「うん、倅だァ」

「小太郎です」

「あら、ま、御立派な若殿様じゃないですか……」

と、女将は一歩寄って小太郎の手を握り、体を押し付けてきた。

「あ、あの……」

女には慣れのない小太郎、狼狽(ろうばい)して目が泳ぎ、冷汗が噴き出た。

「御隠居様、どうして今まで連れてきて下さらなかったんですか！」

「こら、気安く触るんじゃねェよ！」

官兵衛は、小太郎の手を握り、淫靡に撫で回すお松の手をピシャリと叩いた。

「倅はオイラと違って堅気なんだ。お前ェみたいな化け猫が近寄るとろくなことにならねェ」

「ば、化け猫って……酷いわ」

膨れっ面をし、漸く小太郎から体を離した。

小太郎は汗を拭いながらお松に愛想笑いをし、父の後に続いて急な階段を駆け上った。

二階の座敷で障子を開け放つと、広々とした鎌倉河岸が見渡せた。神君家康公以来、江戸城の建築資材の荷上場として使われている川の港だ。三町（約三百二十七メートル）先には壮麗な神田橋御門が望まれた。

「ま、悪い女じゃねェんだが、どうも緩くていけねェや」

窓際に腰を下ろすなり、官兵衛が口を開いた。

「緩い？　つまり男女の……貞操観念云々の話ですか？」

「そうそう。股が緩いってことさ。お前ェも気をつけろ」

「私は大丈夫ですよ」

「本当か？」

父は半笑いで下から倅を見上げた。しばし、微妙な沈黙が流れた。

「甲府では、ちったァ遊んだのかい？」

と、小指を立てて小太郎に示した。親と身の下の話をするのは気恥ずかしいものだが、訊かれたからには答えねばなるまい。

「朋輩に誘われ、そういう店には幾度か参りました」

「そうかい、そりゃよかった。何事も経験だからなァ」

「はい」

「で、どうだった？」

官兵衛、しぶとく食い下がってくる。

「どうって……よかったです」

「どういう風によかったんだい？」

興味津々で官兵衛が身を乗り出してきた。

「父上、止めませんか……朝から親子でする話じゃないでしょう？」

「そうか？　オイラは楽しいけど？」

「私は楽しくありません」

「分かったよォ」

なぜか官兵衛は、ここで深い溜息をついた。溜息の心理は、小太郎にも分からなかった。またしばらく沈黙が流れた。

「まったく五郎左の奴、朋輩（ともだち）甲斐のねェ野郎だぜ」

官兵衛、今度は豊後守の愚痴を言い始めた。

「聞いたかよ？『当家は一切関知しない』だとよ。『貴公たちの勝手』だとよ」

豊後守の口真似（くちまね）が妙に巧い。

「煙幕はりやがって、なあ？」

どう答えていいのか分からず、小太郎は黙っていた。

「なあ？」

父は、少し語気を強めて同意を求めてきた。

「はい」

「返事ぐれェしろよ」

「済みません。ただ、御老中のお立場では、あのように言わざるを得なかったのでしょう。なにせ……」

　父に顔を寄せ、声を潜めた。

「相模屋を殺すの殺さないの、物騒な話ですから」

「そうか。ま、そうだなァ」

　官兵衛は相模屋に八百両（約四千八百万円）の借財がある。よって父の頭の中では、端から「話し合い」の選択肢はなく、豊後守の前でも反射的に「殺そう」と短絡したのだろう。ただ、相手にも十人からの子分がいる。大矢家主従が十二名――下女はさすがに戦えないから十名か――都合二十人前後でひと戦せねばなるまい。しかも、駿河台の閑静な武家屋敷街が戦場となる。改易はおろか、切腹ものだ。

　そこへお松が、注文を受けに階段を上ってきた。

「まずは酒だァ。冷でいい。肴は味噌田楽に青葱を振ってくれ。それでいいか？」

　上目遣いに同意を求めるから、小太郎は「美味そうですね」と頷いてみせた。

　この時代の飲食店にはまだ、飯台や卓のようなものはなく、客は畳の上か縁台に座り、酒や肴が載った盆（折敷）を床に置き、そこから直接に飲み食いした。酒は、濁酒の時代ではなく、すでに澄み切った清酒である。現代のそれよりは、雑味も多く、かなりの甘口か。

「厚揚げの煮浸しも美味しいですよ。葱とおろし生姜を添えます。お値段は味噌田楽と一緒」

「じゃ、それにしよう」

「すぐにお持ちします」

と、立ち去りかけたお松の尻を、官兵衛がペロンと撫でた。

「もう、助平」

年増は怒るでも、赤面するでもなく、笑顔で階段を降りていった。

「父上、そういうことは、せめて私といるときは御遠慮下さい。倅として、どういう顔をしていいのか分からず、困惑します」

「ヘラヘラしてりゃいいんだよォ。それに、お前ェはなんにも分かってねェな」

「はあ?」

「いいかい。若い娘の尻を撫でるのは確かに助平だ。こりゃいけねェよ。相手が喜ぶとは限らねェからなァ。下手すりゃ泣かしちまう。でもよ、年増の尻を撫でるのは……こりゃ、慈悲心だぜ」

「じ、慈悲ですか?」

「そう、慈悲だ。つまりな……」

父の屁理屈の行方は、敏い小太郎には凡そ察しがついたが、一応黙って拝聴することにした。

「アンタの尻があまりにも色っぽいもんでつい撫でちまった。アンタはまだまだ女だよ……つまり、そういうことさ。尻を撫でられた年増は、一応は嫌がってみせるが、内心ではいい心持ちなわけさ。仏の慈悲にも通じる崇高な行為だろ?」

「な、なるほど。お考えはよく分かりました」

唾棄すべき暴論だとは思うが、もうこの手の話に付き合うのは御免だった。

「だからオイラは今後も女の尻は撫でるぜ。お前ェがいようがいまいが、オイラは撫でる。それでいいな?」

「はい。慈悲の心と仰るなら、致し方ございません」

「そうかい、これで安心したぜ。ハハハ」

と、破顔一笑。官兵衛はニコニコと実に嬉しそうだ。これも親孝行と呼べるのだろうか。

結局、水月での密談は不首尾に終わった。

官兵衛が「倅は、昨日江戸に戻ったばかり」なんぞとやらかしたものだから、お松が店を閉め、江戸帰参の祝宴を開いてくれたのだ。途中からは板前と小女も飛び入りし、飲めや歌えの大饗宴――誰もがへベレケに酔った。

厠へ立った折、後を千鳥足で尾行(つけ)てきたお松が、小太郎を土壁に押し付け、顔を寄せ、熱い吐息を首筋から耳に向けて吹きかけてきた。

「ウフフ、化け猫、ニャオン」

と、耳元で囁かれ、小太郎はドギマギした。

官兵衛に尻を撫でられた腹癒(はらい)せで、その倅をからかったのかも知れない。ただ、若い小太郎にとって決して不快な事件ではなく、できれば幾度でも――ま、いずれにせよだ。相模屋の話どころではなくなった次第である。

「相模屋の野郎を殺すのはよォ。最後の最後の手段だなァ」

薄暮(はくぼ)の中、酔眼朦朧(すいがんもうろう)とした官兵衛が、駿河台へと向かうダラダラ坂を上りながら大声で喚いた。周囲には大名家の上屋敷が立ち並ぶ閑静な武家地で、わずかだが人通りもある。

「お声が大きい！」

と、小太郎は慌てて制止した。

「父上、飲みすぎですよ。只酒だと特にがっついてお飲みになるから」

「え？　徳利が注いでお飲みになる？　ど、どうゆうこった？」

昨夜は円之助が徳利を手に現れたのを確認した後、父はやおら盃を湯飲に持ち替えていた。節約は大事だが、あまりに卑しいのは、武士の矜持の観点からは如何（いかが）なものだろうか。

「さあね、なんでもいいですよ」

互いに思考も呂律（ろれつ）もよく回っておらず、会話は度々すれ違った。朝の四つ半（午前十一時頃）から、夕刻過ぎまで水月で飲み続けたのだから仕方ない。

「オイラが思うに、まずは説得だなァ」

官兵衛が顔の前に人差指を立てて言った。

「なるほど。出て行って欲しいと、正面からかき口説（くど）く……正攻法ですな」

「次には、口で脅し。三つ目は、実力行使でいびり出す」

「相手はゴロツキ、多少のいびりでは効かんでしょう？」

「そうさな……」

官兵衛が足を止めたので、小太郎もこれに倣った。

「肩が触れたと言っちゃ殴る。目が合ったと言っちゃ蹴る。面が気に食わねェから
と引っ叩く」

「歯向かってきたら？」

「そん時ァ、バッサリ無礼打ちよォ」

と、上段から斬り下げる動作をやってみせた。

「いきなりですか？　そりゃ、酷い」

父の過激な物言いに辟易し、小太郎は首筋を掻いた。

「酷くていいんだよ。出て行くさ。どんなゴロツキだって、そんな無茶苦茶な屋敷
には住みたかねェだろうからな」

また歩き出した。小太郎も父に続いた。

「奴らの稼ぎは、賭場なんでしょ？　ならば、相模屋の身内ではなく、賭場に集ま

る客をいびるのも手ですね。客が来なくなれば、相模屋は干上がる」

「そいつァいいな。日本橋の旦那衆を殴るわけにもいかねェから、便所でも使えなくするか？」

「それは駄目です。庭で小便されるだけだ。屋敷内が臭くなっていけない」

「ハハハ、俺の屋敷で立ち小便なんぞする野郎がいたら、その珍宝をぶった斬ってやるよ」

小太郎が歩みを止め父を睨んだ。官兵衛も止まり、慌てて倅に詫びた。

「す、済まねェ。珍宝なんぞと下品な……」

「そこじゃありません。たとえ、いびり出しが奏功したとしても、出て行くときに相模屋は必ず『八百両を返せ』と言い出すでしょうね」

「『銭なんぞねェや』って言ってやるよ」

「それで済むなら、話は簡単なんですよ」

江戸期、金銭の遣り取りに関する訴訟は、金公事（かねくじ）と呼ばれ、町奉行所などで審理された。売掛金や貸金の回収などだ。当時の江戸は大変な訴訟社会で、年に三万件からの公事（民事訴訟）が提起され、その九割以上がこの金公事だったという。庶民が武家を訴えることも多く、幕府もそれを「無礼不遜」と咎めることはなかった。むしろ武家に不利な判断が下されることが多かったのである。

「でもよォ。オイラの相模屋への借金は全額が博打の負けだ。博打は御法度(ごはっと)なんだから、御番所がそんなもの公事として取り上げるわけがねェだろ?」

「そらそうです」

「なら、正々堂々と踏み倒せばいいじゃねェか」

「や、甲府時代にチラと聞いた覚えがあるのですが、博徒は借用書に『博打の負けの借財だ』とは書かないそうではありませんか。ただの『借金として』との文言しかなければ、奉行所も取り上げざるを得ないからと。その点、父上は証文になんとお書きになりました?」

「……ん。オイラよく分からねェからよォ。文言は、相模屋に言われるままに書いて渡したよ。金額さえ合ってればいいと思ってよォ」

「ならきっと、博打云々の文言はないですね」

「あ、そう……」

「それに」

たとえ踏み倒せても、相模屋は世間に「八百両からの借財を踏み倒したゴロツキ旗本」と大矢父子の悪行を吹聴してまわるだろう。

「ふん、世間が怖くて『立小便ができるか』ってんだァ」

「私はどうなります？　そんな噂が立っても、御老中は私を書院番士に取り立てて下さるでしょうか？」

「あ、そうか……さすがに拙いやなァ」

官兵衛が長い嘆息を漏らした。

「結局、やっぱ……」

父は、さらに声を潜めて呟いた。

「殺るしかねェのかなァ」

「ま、酔いが醒めてから考えましょうよ。酔っていると、すぐそこに短絡しちゃうから」

「だな」

東の空に顔を出した円い月に背中を押され、大矢父子は駿河台の坂を仲良くトボトボと上った。

第二章　店子たち

一

　翌日、書院に相模屋藤六を呼び出し、父と共に面談に及んだ。小太郎は大矢家の当主である。屋敷の主だ。家主として「店子の顔を見知っておきたい」との建前だが、他の店子に会う予定は特にない。相模屋だけだ。要は、やんわり退去を求めるのが本日の主旨である。

「お初にお目にかかりやす。相模屋藤六と申します」

　四十半ばで、赤ら顔の肥満漢が、書院の広縁で平伏した。鼠の小袖に縞の羽織、一見すると大店の主人然としているが、トロンと濁って焦点の定まらない目が、得体の知れない不気味さを漂わせていた。この手の男は、甲府でも幾人か見ている。他者の痛みに疎く、人を刺しても殺しても眉一つ動かさない手合いだ。そして貸元の背後には、例の綹の源治とかいう、小指のない代貸が控えていた。

「大矢小太郎です。相模屋殿は、博打を生業とされているのですね」

「へいッ」

時代は天保期だ。幕府開闢以来二百数十年が経ち、身分制も相対化している。小太郎は若輩者だし、人生の先達には「礼を尽くすべき」との体裁をとるようにしている。相手が商人でも、博徒でもこれは同じ。丁寧な物言いで下手に出て、まずは様子を見ることにした。

「所謂、博徒ですな？」

「畏れ入ります」

「ま、父と貴方との経緯も聞いてはいるが、率直に申して……迷惑なのです」

「と、申されますと？」

「堅気でない相模屋殿を店子としておいているのは、ちと外聞が悪い。幕臣としてね」

「お察し致しやす」

（ハハ、まるで他人事だな）

小太郎の話の内容が、自分たちに不利なことはほぼ伝わったろうに、源治共々動揺することなく、落ち着き払っている。余裕すら感じられた。

八百両の貸しがあり、どうせ小太郎や官兵衛は「返済できるわけがない」と、高を括っているのだろう。確かにその通りではある。

「さらに『一のつく日』には賭場が屋敷内で開帳される。あれがまた拙い。お目付や御番所に知られると、外聞云々の話では済まなくなります。御公儀から拝領屋敷の支配不行き届きのような叱られ方をするのです」

「どこのお殿様も、やっておられることじゃねェですか」

「そんなことはありません。博徒に屋敷を貸している旗本は、大体が小普請か寄合席です。ちゃんとお役についている旗本では聞いたことがない」

ちなみに寄合席とは、大体三千石以上の無役旗本を指す。旗本家は五千余あったが、そのうち三千石以上は三百家程度しかなかった。

「へへへ、不躾ながら。御先代様もお殿様も、現在は無役と伺っております」

傍らで、父が拳を握り締めた。

「志の問題ですよ。この先、私はどうしてもお役につきたい。だから、貴方々の存在は迷惑だと申しておるのです」

小太郎もカチンとはきたが、微笑みを絶やすことなく返してやった。

「単刀直入に申し上げるが……相模屋殿には、この屋敷から、退去していただくしか道はないと思う」

「今すぐというのは、ちょっと御無体……」

そう言って相模屋は、背後に控える源治をチラと見遣(みや)った。

「いつなら出て行ってもらえますか?」

「さあね、五年か十年か……」

「こらァ相模屋、手前(てめ)エ、調子こくなよ!」

さすがに、官兵衛が癇癪(かんしゃく)を起こして目を剝いた。

「嫌だな。調子なんぞこいちゃいませんよ。こっちも必死でさ。こう言っちゃなんだが、御隠居様には、八百両からの貸しがあるんですからね」

そう言った貸元の口元が皮肉に緩み、それを見咎(みとが)めた官兵衛が激高した。

「なんだとこの野郎……」

　と、脇差の柄に手をかけて身を起こす。相模屋の顔に、ほんのわずかだが恐怖の色が浮かんだ。ただ、子分の源治は落ち着き払ったまま――以前から、そう睨んでいる通り、肚の据わった男だ。

（藤六の奴、私が下手に出て丁寧に話していたときとは、まるで別の顔だな）

　そう苦々しく思いながら、視線で父を窘めた。官兵衛は不承不承ながら、脇差から手を離し、褥に尻を戻した。

（礼儀や誠意が通じる相手ではない。強い者には弱く、弱い者には強い。蓋し、ゴロツキとはそういう連中なのだろうさ。私も今少し強く出た方がよさそうだ）

「おい、相模屋」

　急に態度を変え、声を下げ、少し前屈みとなり、貸元の目を睨みつけた。

「へ、へい」

　一瞬、博徒の目が彷徨った。風向きが変わったことを感じ取ったようだ。

「お前は、父に貸した八百両で乗り切るつもりかも知れんが、そこまで甘くはないのだぞ？」

さすがに藤六は、視線を広縁に落としたが、背後の源治は敵愾心を剝き出しにして小太郎を睨んでいる。今度は、その源治に顔を向け言葉を続けた。

「武家屋敷に町奉行は踏み込まない。支配違いだから大丈夫だと簡単に思っておるだろうが、然に非ず」

源治は目を逸らさない。真っ直ぐ見返してくる。こやつ、相当なタマだ。

「屋敷の主の許諾さえあれば、奉行所が武家屋敷内に踏み込み、御法度である博打に興じる町人共を捕らえることになんら問題はない。分かるな？」

「へ、へい」

藤六が唾を飲み込む音が聞こえた。

一網打尽とはいかなくても、奉行所の手入れがあるような賭場に、上客は寄り付かなくなり、結果、相模屋一家は干上がってしまうはずだ。

「さらに火盗改は、武家地でも問答無用で押し入ってくる。こちらは番方（武官）だから斬り捨て御免だ。お白洲もなしさ。怖いぞ」

「そ、そんな、斬り捨て御免って……」

「お殿様に申し上げます」

顔面蒼白となった藤六の背後で、源治が広縁に手をついた。

「黙れ源治。倅は今、藤六と話してんだ」

と、官兵衛は、源治の介入を嫌ったが、小太郎はむしろ、代貸の話を聞きたいと思っていた。事実上、相模屋一家を牛耳っているのは、貸元の藤六ではなく、むしろ代貸の源治――そんな気がしてきたからだ。

「では、御隠居様に申し上げます」

――決して退かない。どこまでも押しの強い男だ。この面の皮の厚さは何処からくるのだろうか。

「博徒が店子にいると御体面にかかわるとの仰せですが、アッシら相模屋を追い出して、それで済む話じゃねェと思うんですがね？」

「どういうことだ？」

小太郎が源治に質した。

「他の店子衆もアッシら同様……や、ひょっとして博徒以上にヤバい連中だということですよ」

「元芸者の話をしておるのか？」

「いえいえ、それはお武家様の間での話で、アッシら下々には関係ねェ。歌舞伎役者と絵師も大したタマじゃない。問題は残りの二人、国学者と蘭方医でさ」

源治の顔に余裕の笑みが浮かんだ。なにか握っていそうだ。小太郎はチラと官兵衛を窺ったのだが、父はなぜか目を逸らした。

（あれ？　こちらも逸らすか？　父上、なにか知っておられるようだな）

「学者と医者がどうだと申すのだ？」

「へへ、申し上げても宜しいので？」

小馬鹿にしたような目で下から見上げてきた。

「私が訊いておるのだ。とっとと申せ」

「では、申し上げます。国学者堀田敷島斎（ほったしきしまさい）は、不遜にも御公儀への批評、や、あれは誹謗（ひぼう）中傷って奴でしょうかね、なにしろ繰り返しております」

「な……」

大矢家は幕臣である。ここ二百数十年の間、広大な屋敷に住み、「殿様だ」「若様だ」と尊称され、馬に乗り、槍を立てて歩けたのも、すべて御公儀の威光があったればこそだ。小太郎は平静を装い、努めて穏やかな口調で源治に質した。

「で、なんと申しておるのか?」

「へい、敷島斎先生が仰るには、徳川幕府なんてものは……」

「やめろ源治。オイラたちは幕臣だァ。主家の悪口なんざ聞きたくねェ」

「そこは、同感です」

小太郎は一応、父に同調した。

「や、殿様が話せと仰るからアッシは……」

「いいんだよ。敷島斎の考え方は凡そ聞いてる。後でオイラの方から倅には話しておく」

小太郎は父を見た。官兵衛は倅に頷いてみせた。ま、いい。後で根掘り葉掘り質すことにしよう。

「さいですか……では、内容は申しませんがね。ただ、御公儀に異を唱えるような輩(やから)が、お旗本の店子だって事実は、大層な驚きでございますよねェ」

さすがに返す言葉がなかった。書院に空疎(くうそ)な沈黙が流れた。

「で、蘭方医の方にはどのような問題があるのか?」

「ああ、洪庵(こうあん)先生ね……へへへ、こいつは気味が悪い」

源治は、完全に調子に乗っている。しかし、一喝して黙らせるわけにもいかない。今は情報を訊き出すのが先だ。

「この頃、近所から犬猫がめっきり少なくなりましてね」

源治、笑いを堪えながら話を続けた。

「どうも蘭方医の長谷川洪庵が、殺して腑分けをしてるらしいんですわ。犬や猫をね。酷い話でさ」

「なんのために？」

「そら、生き物の体の仕組みに興味があったんでしょう。なにせ医者だから」

「不気味かつ無慈悲な話ではあるが、別段御法に触れてはおるまい」

確かに、生類憐みの令の元禄期や、現代の動物愛護感覚とは違う時代だ。

「獣を殺して食おうが、腑分けしようが御法度じゃねェ。でも、お旗本の店子が博徒だって聞いて驚く人はいねェが、お旗本の店子が猫を切り刻んでるって聞けば、世間はどう思うでしょうかね」

「分かった、もういいよ」

堪らず、官兵衛が話を打ち切った。

「…………」

藤六と源治が目を見交わした。

「おい相模屋、今日はもう帰っていいぜ」

「では、退去のお話はどうなります？　アッシら、このお屋敷に居てもいいんですかい？」

藤六がおずおずと訊いた。

「ああ、しばらくは居なよ」

「賭場は？」

「やったらいいさ」

「父上……」

さすがに異を唱えたが、官兵衛は両手で倅の不満を宥めた。「仕方ないよ」とでも言いたげな顔つきだ。

満面の笑みを浮かべた藤六と源治が、慇懃無礼（ぶれい）な態度で平伏した。

二

「父上、こういうことは、前もって知らせておいていただかねば困ります」

意気揚々と、相模屋と源治が帰って行った後、小太郎は父を問い詰めた。

「や、別に訊かれなかったからよォ。お前ェから訊かれてたら、オイラ、正直に全部話してたぜ」

「そんなね……」

小太郎は周囲を窺った後、声を潜めた。

「柳営批評とか、夜な夜な犬猫を切り刻んでおるとか、極端ですよ。私が思い当たるわけがないでしょう?」

「おう、そうだとも。オイラも最初は驚いたね。でもよ、よくよく話を聞けば、先生たちには先生たちなりの事情があるのさ」

「二人から話を聞いたのですか?」

「うん。膝詰めで聞いたね。熱い議論になったね」

官兵衛、小太郎の目を覗き込んだ。

「聞きたいかい？」

「伺いましょう」

「よかろう」

官兵衛は、深く息を吸って吐き、おもむろに語り始めた。

「なにも世の中、徳川がすべてってわけじゃねェ」

「父上……」

辟易した。さすがに幕臣として許容される発言ではなかろう。

「ま、聞きなよ」

官兵衛は両手を前に出し、いきり立つ息子を宥め、話を続けた。

「公方様の上には天朝様がおられるし、日本国という大きな船にオイラたちは乗ってるわけだから、もし徳川の御政道に歪みがきているのなら、そこは草莽の志士が立ち上がり、改革をせにゃなるめェよ。私利私欲じゃねェぞ。これは世の為、人の為にだ」

「直参旗本の言葉とも思えません」

「旗本である前に、オイラは武士だ。日本人だ。漢だよ」

「漢なら、忠義を忘れても許されるのですか？」

「忠義なんてもんはな、数多ある中のたった一つの徳目にしかすぎねェ。信義、大義、道義、正義、情義に仁義と色々あらァ。忠義一つを守るために、他の義をすべて虚しゅうしていい道理はねェはずだ」

「そ、それは……」

言葉に詰まった。遊び人で無学浅識な父の言葉とも思えない。おそらくは、敷島斎たちの請け売りであろう。

ただ確かに、すべての徳目の上に忠義を置くのは、現秩序である幕藩体制を維持するための、言わば方便、言わば手前味噌な思想と言えなくもない。

「犬猫を腑分けしている洪庵だってそうさ。多くの病人を救わんがために、人の体の構造に迫ろうとしているわけで、なにも野郎が好き好んで殺生をしてるわけじゃねェよ。幕府批評とか死骸損壊とか、現象面にだけ囚われると、本質を見誤るんじゃねェかな。事ほど左様に、理想は高く、大きな視点から物事は眺めねばならねェ。分かるか、小太郎？」

「つまり、父上は幕府批評と犬猫殺しを是とされるわけですか？」

糾問する声が上ずった。

「是とまではしねェが、ま、温かく見守ってやろうかなァと」

「それを『是とする』というのです」

「あ、そう」

「私の夢は、私の理想は……」

小太郎は、苛々と南の方角を指さした。

「わずか半里（約二キロ）先の江戸城本丸御殿に、平の書院番士として出仕したいだけなのです。それだけです。壮大に天下国家や真理の追究を論じる見識も気概も性癖もございません」

「あ、そう」

官兵衛が、興醒めしたかのような顔をして首を振った。

「お前ェ、案外と小さい男だよねェ」

「父上ッ！」

いきなり両眼から涙が溢れた。父親から己が本質を、分際を指摘され、猛烈に感情が揺さぶられたのだ。

「な、泣くなよ……済まねェ。オイラが間違ってた。訂正させてくれ、小さいじゃねェ。堅実だ。お前ェは堅実なんだよ」

「もう、いいです」

懐紙を取り出して涙を拭い、その紙で鼻をかみ、肩を落とした。

すっかり意気消沈した息子の肩に、官兵衛は優しく手を置いた。

「五郎左の野郎が、オイラたちに課した条件は『博徒の相模屋をなんとかしろ』ってそれだけだ。つまりオイラたちァなにも、敷島斎や洪庵の始末までつけるこたァねェんだよ」

「簡単に仰いますが、源治が敷島斎と洪庵の話を持ち出したのはなぜだと思われますか？　もし相模屋を追い出す気なら、店子たちの醜聞を『言いふらすぞ』と脅しているわけでしょう」

「多分な」

強気な父も、倅に倣って少し肩を落とした。

「八百両に加え、店子の弱みまで握られちまったわけか……大矢家の旗色ァ悪いねェ。どうするよ？」

「ま、私がお役目につくのを諦めれば、それで済む話ですから」

「自棄起こすんじゃゃねェよ」

書院に沈黙が流れた。父と子は、肩を落として並んで座り、初秋の庭を茫然と眺めていた。しばらくして、官兵衛がポツリと呟いた。

「……やっぱ、斬るか？　相模屋をさ」

相模屋を抹殺することで、敷島斎や洪庵の身を守ることにも繋がる。勿論、小太郎は書院番士になれる。

「ただ、源治以下の子分もいますからね。皆殺しってわけにもいかんでしょうし。できれば折り合いをつけて出て行ってもらう方がいいです」

「折り合いね……やれんのか？」

「さあ、自信はありません」

「もし、御免下さい」

障子の影で澄んだ声がした。若い女の声だ。小太郎が四つん這いになり首を伸ばして窺うと――昨日の朝、家の前を掃除していた妾の家の女中ではないか。

「なに用だ？」

「はい、あの、よい松茸が手に入りましたので……」

見れば、十本ほどの松茸を盛った竹笊を胸の前に抱えている。

やはり四つん這いになった官兵衛が、横あいからヒョイと顔を出した。

「ほう、松茸かい。大好物だァ。嬉しいねェ。佳乃殿、いつも済まねェな」

「よ、佳乃殿？」

慌てて父の顔と娘の顔を交互に見た。確か、豊後守の妾の名が佳乃のはずだ。

「あ、紹介しとくよ。これが倅の小太郎。こちらが佳乃殿だ」

「お殿様、初めて御挨拶させていただきます。佳乃と申します」

すらりと姿のいい娘が、丁寧に一礼した。つまり、この粗末な身形の素人臭い娘は女中に非ず——老中首座たる大名をメロメロにしている妾、愛人、隠し女、その人ということらしい。

（い、意外だなァ）

もっと派手で色っぽい、ちょうど水月のお松のような年増かと、勝手に思い込んでいたのだ。

「小太郎です。宜しく」

四つん這いのまま、頭を垂れた。父子揃って障子の陰で四つん這いになっている。あまり直参旗本としての威厳は感じられない。

（それにしても……似ている）

小太郎は初めて正面から佳乃の顔を見た。確かに美しいが、目を引くほどの美人とまでは言えない。化粧気のない、むしろ鄙（ひな）びた風貌の娘だ。ただ、小太郎にとっての初恋だった釜無川の少女に、印象が驚くほど似ている。若い小太郎の胸は、強く締めつけられた。

「では、あの、ここに置いておきますので」

と、松茸の笊を広縁の端に置き、一礼して佳乃は帰って行った。大矢父子は四つん這いのまま、小走りに去る佳乃の後ろ姿を見送った。

「こら小太郎、お前ェ今、尻を見てるだろ？」

佳乃の後ろ姿から視線を逸らすことなく、父が質した。

「まさか」

佳乃の後ろ姿から視線を逸らすことなく、倅が答えた。

「でも、涎（よだれ）が垂れてるぜ」

「じょ、冗談は止めて下さい」

と、慌てて口元を拭った。

「物欲しげに眺めやがって……五郎左もそうだが、地味な女がそんなにいいかい？　お前ェトチ狂って、あの娘に夜這いなんぞかけんじゃねェぞ。五郎左は心底から惚（ほ）れてんだ。あの娘にちょっかい出したら、野郎に殺されるぞ」

「ちょっかいなぞと……父上じゃあるまいし」

「馬鹿。オイラはもう少しケバい女の方が好みだ。こう、ムッチリと肉置（ししお）きが豊かでよォ、この前話した大店の尻軽娘な、とんでもねェ好き者でよォ、ゲへへへ、ああ、辛抱堪らねェわ」

能天気な父は、なにを思い出したか、大きく身震いした。

三

「御免」

　小太郎は、貸家の玄関前に立ち、訪いを入れた。六軒ある貸家はいずれも町屋風で、玄関扉は格子の引き戸になっている。

　ややあって、室内で人の気配が動き、格子戸から羽織袴に脇差を佩び、総髪の若者が顔を出した。

「あ、堀田先生ですか？」

　小太郎が問うた。

「や、拙者は門人にございます。先生は朝餉をとっておられます。少々お待ち下さい。不躾ながら、どちら様で？」

「母屋の大矢にござる」

「こ、これはお殿様……失礼致しました」

と、若者は慌てた様子で一礼すると、奥へと姿を消した。

（殿様と呼んでくれてよかった。門人に関してはまともそうだ。弟子からして過激な反幕論者で「旗本と聞くと目を剝く」では堪らんからなァ）

　今朝の小太郎は、小袖の着流しに角帯、脇差のみを佩びて草履ばき——寛いだ格好だ。相模屋の話によれば問題を抱えているらしい堀田敷島斎と長谷川洪庵の家を訪れ、話をしてみることにした。言わば家庭訪問だ。気の重い役目で憂鬱である。二人の先生に同情的な父は、あえて同道を断り、小太郎単身での対決だ。

ほどなく最前の門人が現れ、丁重に案内してくれた。

貸家には初めて入ったが、一階が八畳と六畳に板敷の厨、二階が八畳二間で都合二十坪ほど——目算の通りだ。

通されたのは一階八畳の書院である。客ではあるが身分差があり、小太郎が床柱を背負って端座した。小体な坪庭の彼方には小太郎たちが住む母屋の厨が望まれ、大柄な小吉が井戸で水を汲み、小柄な大介が漬物の樽を厨に運び入れているのがよく見えた。

(こうして自分の住む家を眺めるのも一興だな。やはり無駄に広い。どうせ私と父上の二人きりだ。わざわざ借財してまで家など建てず、空き部屋を貸した方がよかったのだ)

などと考えているところへ、羽織に袴をつけた敷島斎が現れ、慇懃に平伏した。

「大矢小太郎にござる」

「堀田敷島斎にございます。宜しくお願い致します」

三十になったかならないか、ぐらいの若い総髪の男だ。痩せ型で色白。明るく朗らかで、好人物そうに見える。過激な幕政批評を繰り返す危険人物などには到底見えない。

「なんぞ家屋に、不具合などはありませんか？」

「いえいえ、快適に過ごさせていただいておりまする」

面談の序盤は極普通の家主と店子の会話で推移した。形通りの退屈な遣り取りがしばらく続いたが、やがて——

「先生は、国学を？」

「はい。越後の桜園塾にて学びました」

（越後の桜園塾？　はて、どこかで聞いた名だな）

「お師匠は？」

「はあ……」

急に俯き、言い淀んだ。

「なにか、不都合でも？」

「いえ。隠すべきことでも、恥ずべきことでもありません」

意を決したように面を上げ、背筋を伸ばし、小太郎の目を真っ直ぐに見据えた。曇りも陰りもない実直な眼差しだ。

「初めは平田篤胤先生に師事しましたが、飽き足らず、桜園塾に移りました。師匠は……生田万先生にございます」

（あ、生田ねェ。そうか、越後の桜園塾か……ハハハ、参ったなァ）

最悪の名前が出て、小太郎は月代の辺りを指先で掻いた。敷島斎は申しわけなさそうに愛想笑いをし、頭を垂れた。

生田は平田の高弟であったが、後に過激な現状否定論に傾き、越後で独立して桜園塾を主宰した。天保八年（一八三七）の大塩平八郎の乱に呼応して桑名藩の柏崎陣屋を襲い、しくじり、妻子とともに自刃して果てた。

どうしてこうも、小太郎の店子は疫病神ばかりなのか。

すぐに喧嘩をする酒乱が二人、悪辣なる博徒の一味、前将軍の娘婿の妾——さらに、この男は謀反人の直弟子だ。まだ面談していない蘭方医は、夜な夜な猫を切り刻んでいるそうな。

甲斐の山中で、小太郎は腹に命中弾を受けたが死ななかった。あれで運を使い果たしたのかも知れない。禍福はあざなえる縄の如しとかいう。
（や、運命論で片づけてはいかん。事実を直視すべきだ。疫病神たちを呼び寄せる最凶の疫病神が、我が家には巣くっておるのよ）

　小太郎の脳裏に、ヘラヘラと無邪気に微笑む官兵衛の顔が浮かんでは消えた。

（大体父上は、敷島斎が生田万の弟子であることを知らなかったのかな？　や、知らぬわけがない）

　敷島斎は、見かけ通りの率直な男で、隠し事などできない性質だ。自分にもこうして正直に話したのだから、父にだけ素性を隠したとは考えにくい。謀反人の弟子と知っても尚（なお）、父は敷島斎を受け入れたのだ。

　結局、問題は官兵衛なのだ。このまま父を放し飼いにしていると、小太郎も大矢家も地獄行きである。武田信玄（たけだしんげん）は実の父親を追放した。北条義時（よしとき）もまた然り。小太郎も心を鬼にして、あの能天気な疫病神を追放――ともゆかぬから、せめて座敷牢にでもぶち込もうか。

「大丈夫ですか？」

　暗い顔をして考え込んでしまった家主を案じ、敷島斎が声をかけた。

「あ、大丈夫……全然、元気にござる」

　手を振り、無理に笑ってみせた。

「ま、確かに手前は生田万の弟子ですが、天保八年の乱には、一切関係しておりません。お奉行所にも呼ばれて厳しく訊かれましたが、結局は無罪放免でした。だから、お殿様が……」

「あ、小太郎で結構」

「では……小太郎様が、御心配になられるようなことは一切ございません」

「なるほど」

　と、一旦頷いてから言葉を継いだ。

「謀反に加担しておられなかったのは幸いです。ただ伺いたいのは、師匠生田万の行動を、先生が如何に評価総括されておられるか……あれは義挙だったのか？　それとも暴挙だったのか？　また将来、機会があれば同じようにやるべきなのか？　そもうやるべきではないのか？　その辺は如何です？」

「随分と厳しいことを訊かれますね。生田万は我が師ですよ？」

「私も、生田万の弟子を店子とするからには、厳しくも、慎重にもなります」

「少し考えさせて下さい」

敷島斎は、腕を組み、瞑目し、考え込んでしまった。

（ま、即座に「あれは暴挙」と即答し、家主の機嫌をとるような軽薄な輩よりは、人として信頼がおけそうだ。私はこの男が決して嫌いじゃない）

思想や行動は別儀としても、敷島斎の人柄は認めてよさそうだ。

「少なくとも……」

敷島斎が目を開き、小太郎を見た。

「生田先生は時節を読み間違えた。あのような形で起つべきではなかった、とは思います」

「では、時節さえ間違わなければ、生田万の行動を、先生は是とされる、そう受け取ってよろしいですな？」

「心情に於いては理解できます。ただ、それを行動に起こすべきか否かは、また別儀にございましょう」

敷島斎の顔から微笑が消え、真剣に答えた。

「正しい目的のためには、すべての手段が許容されるとの立場は採りません」

これは有難い。脱・過激派宣言と言ってもいいだろう。

「先生のお立場は理解しました。ただ、それは一般論ですね。越後の陣屋を襲った生田万の行動は、如何に評価されますか？」

若い学者は、嘆息を吐き、腕を組んで考え込んだ。ややあって――

「狡いですよ。生田は我が師で、貴方様は幕臣だ。本音を言えるはずがない」

「幕臣である私から見て、敷島斎先生は店子で、まさにそこが問題なのだ」

「御当家に迷惑がかかるようなことは致しません。百に一つ、世直しを決行するにしても、お屋敷を出て、しばらくほとぼりを冷ました後にやる……これなら如何でしょう？」

「ほとぼりを少々冷ましたぐらいでは、先生が私の店子であった事実は動かない。先生が謀反に参加されれば、追及は当然我が家にも及びましょう」

「それは……そうですよね」

敷島斎が残念そうに肩を落とした。また、沈黙が流れた。

坪庭越し、母屋の厨の前で、太った女中が洗濯物を干しているのが見えた。大矢家の領地がある下総(しもうさ)の長屋(ながや)村に「肉置きの豊かな娘を女中としてよこせ」と求めたところ「二十五貫（約九十四キロ）もある大女がやってきた」と父が憤慨していたその娘だ。名は、確か「お熊（くま）」とか言った。体重が二十五貫で名が熊とは、思わず吹き出しそうになった。

「ま、よろしい」

笑いを嚙み殺しながら、小太郎の方から沈黙を破った。

「ここ当面、決起の予定はないのでしょ？」

「ええ、勿論」

「その言葉を聞いて安堵しました。時間はありそうだから、家主と店子、追々（おいおい）話し合って参りましょう。いずれよい思案も浮かびましょう」

「左様にございますな。では、然るべく」

店子は、ホッとしたように会釈した。

「ちなみに先生、現在は如何なる研究をされておられるのですか？」

「はい、現在は西洋砲術を少々」

敷島斎が嬉しそうに答えた。

「あ、そう……砲術ねェ」

どこまでも物騒な男である。その砲口は何処に向けられるのだろうか。

四

敷島斎の貸家の隣には「蘭方医　長谷川洪庵」の看板が掛けられていた。敷島斎の家のそれと同じ格子扉は、大きく開かれ、三和土(たたき)に数多の草履が散乱しているのが見えた。

医者の玄関が履物で溢れているのは繁盛の証だ。結構なことではないか。訪いを入れるまでもあるまい。患者のような顔をして、そのまま上がり込んだ。

間取りも敷島斎の家と同じようだ。一階の八畳で診察をし、隣の六畳に患者を待たせている。

小太郎も、その六畳で待つことにした。足を踏み入れると、異臭がプンと鼻を突いた。狭い部屋に大人が十名、子供が三名も座っている。臭いの元が、彼らであることは明白だ。体が臭うのか、衣服が臭うのか。なにしろ、貧困と怠惰の香りが室内に立ち込めていた。

小太郎は、人と人との隙間を見つけて遠慮がちに座ったつもりだったのだが、周囲の患者たちはそれ以上に遠慮をして、部屋の半分に移動してしまった。結果、三畳ほどの空間に小太郎がポッネンと座り、残りの三畳に十三名が犇（ひしめ）くことに相成った。居たたまれない気持ちにもなったが、ま、遠慮される側としては、どうしようもない。

「先生……」

襖越しの隣室から、思い詰めたような老人の声が流れてきた。その後もブツブツとなにか喋っていたが、よく聞き取れない。最後に、若い男の声が「いいよ。あるときでいいから」と会話を終わらせた。

襖が開き、みすぼらしい身形の老人がヨロヨロと出てきた。端座する小太郎と目が合うと大いに狼狽し、なにを思ったか、部屋の隅に頭を突っ込むようにして蹲（うずくま）ってしまった。どこか、小動物や昆虫の挙動に似ている。

「次の人、どうぞ」

八畳から声がかかった。三畳分の空間に密集して座る患者たちが、一斉に手を伸ばし「先に行くよう」小太郎を促した。ここで遠慮合戦をしても始まらない。「済まんな。すぐに終わるから」と一同に断り、八畳に入った。

「貴方の順番ではないのでは？　確か貴方は最後に入ってこられたはずだが？」

医師らしき白衣の若者が、文机(ふづくえ)に向かい書き物をしながら小太郎を詰(なじ)った。

「皆さんが、先に行けと言ってくれたので。私が居ると寛げないのでしょう」

白衣の若者は筆を置き、小太郎に向き直った。

「ま、いいでしょう。お座り下さい」

と、褥を勧めた。この男も若い。敷島斎と同世代に見えるが、赤い頬の丸顔童顔だ。実年齢はもう少し上なのかも知れない。

「で、どうされました？」

「や、私は至って健康でして……あの、私、母屋の大矢にござる」

「え、ではお殿様？」

若者が声を発するなり、板敷の方でドタドタと音がして、上品な身形の老婦人が走り出てきた。敷居に指を突き、平伏。その後、一気呵成(かせい)にまくしたてた。

「どうせあの忌まわしい『猫殺し』の御詮議にございましょ？　あれはすべて嘘。出鱈目(でたらめ)。今、殿様も御覧になられた通り、貧乏人からは薬代さえ取らない心優しい息子が、哀れな犬猫を手にかける道理がございません」

「つまり、あの噂は事実でない、と？」

小太郎は白衣の若者――おそらくは長谷川洪庵であろう――に確かめたつもりだったが、老婦人が出しゃばって答えた。

「勿論、事実無根にございます。あの心無い、悪意に満ちた噂の所為で、薬代を払ってくれる上客の足は遠退き、薬代も払えない貧乏人ばかりが……」

「母上、お声が大きい」

洪庵が隣室を指して、いきり立つ母を窘めた。老母は不満げに鼻を鳴らしたが、それでもわずかに声を絞った。

「以前よりこの子は、貧乏人からは薬代を取っておりませんでした。でもその分、お金持ちからちゃんと取れたから、なんとか生活できたのです。医は仁術と申しますが、肝心の医者が飢え死にしては、元も子もございませんでしょ」

「た、確かに」

老婦人の怒りと憤りに気圧され、思わず小太郎は頷いた。

「そんな根も葉もない噂が、どうして広まったのですか？」

小太郎が洪庵に質すと、医者は「見当もつきません」と小声で言って、視線を畳に落とし、右掌で己が頬を二度撫でた。

（あれ？　こいつ、嘘を言ってるよな？　父上が私を騙そうとされるときと挙動がまるっきり同じだ）

「それは、あのゴロツキどもですよ」

またもや老母が介入した。

「相模屋藤六が出鱈目を広めたんです。この子が猫を殺して腑分けしたって」

「でも、なぜ？　洪庵先生を腐して、相模屋にどんな利得があるのですか？」

「さあね。医者が嫌いなんでしょ。大体、ゴロツキなんてものは……」

「母上」

洪庵が母を制した。

「お殿様と話がありますので、母上、申しわけないですが、暫時(ざんじ)外して下さい」

「ま、母を除け者にするのですか」

と、老母が不承不承に退出すると、洪庵は辺りを窺った上で、小太郎に膝でにじり寄り、小声で囁いた。

「実は、根も葉もない出鱈目とも言い切れないのです」

「猫ですか？　犬ですか？」

「猫です」

「猫ですか……」

「い、犬もです」

「あ、そう」

気まずい沈黙が流れた。

「殺したのですね？」

「いえ、殺してはおりません。死骸を拾ってきて、そのォ……内部を調べました」

「猫と犬の死骸を、それぞれ腑分けしたということですね？」

「ま、猫二体と犬が三体……」

「あ、そう」

多少呆れながら返事をした。

「で、確かに軀(からだ)は拾ってきたものですね？　殺してはおられないのですね？」

犬猫を殺して解体したのか、死骸を拾ってきて解体したのか、世間の受け止め方は違ってくるだろう。どちらも受け入れがたい悍ましさではあるが。

「私の父は、上総で馬医者をやっておりました。童の頃から父について農家を回りましたので、獣にも心や魂があることは身に染みております。腑分けのために命を奪うなど、父の墓と戒名に賭けてやっておりません」

おそらく本当だろう。今度は目を逸らさないし、頬も撫でない。

「獣の腑分け。法には触れぬかも知れんが、なぜそんな悍ましいことを？」

「実は七十年ほど前に、人体内部を絵付で解説した医学書が刊行されました。阿蘭陀の医学書を日本語に訳したものらしい。解体新書と申します。御存知で？」

「名前だけは」

「その本には、臓器の数と配置は、人も猫も犬も馬も同じである旨書いてありました。解体新書には詳しい絵図も載っていましたが、やはり本物と見比べて確かめたくなったのです。犬猫の軀を調べれば、人を腑分けせずとも、臓器の色や形、配置が手に取るように分かるはずと、はい」

向学心のなせる業であったのだろう。そこは信じてやろう。

「御母堂が言っておられた『相模屋が噂を広めた』云々はどう関わってきます？」

「実は、相模屋の子分に……偶然見られたのです」

腑分けは内臓を開くので、酷く臭うものだ。周囲にまで異臭が漂う。ただ、当事者の洪庵は慣れて、臭いに鈍感になっていたようだ。そこに油断が生じた。あまりの臭さに、相模屋の子分が怒鳴り込んできて、腑分けの現場を見られたというのだ。

「左手の小指が無い男でね」

「貉の源治？」

「そう、源治の奴です」

源治は洪庵に「口止め料」を求めた。

最初は一分（約一万五千円）だったものが、やがて二分（約三万円）となり、一両（約六万円）から二両（約十二万円）と跳ね上がった。たまらず支払いを拒絶すると急に、犬猫殺し、腑分けの噂が近所に流れ始めたらしい。

「あらましは分かりました」

またしても源治である。性質（たち）が悪い。ただ、世間の嫌われ者であるゴロツキや博徒に、わざわざ家を貸している大矢家にも問題はある。さらに、彼らから八百両の銭を借りている父においては言語道断だ。

「先生はいつも通りに患者を診ていて下さい。私が源治と話してみます」

「宜しくお願い致します」

ホッとした顔で、洪庵が頭を垂れた。

「ただ先生、腑分けはもう駄目ですよ」

「駄目、とは？」

「腑分けは止めて下さい」

「や、あと数ヶ所だけ、調べたい部分がございます……」

「駄目です。少なくとも源治の件が片付くまでは、御自重下さい」

「しかし、犬も猫もすでに死んでいるのです。その死骸を調べることで、どれほど沢山の生きた人間が救われるか……これは人助けです。私は断じて、腑分けを続けたく思います」

頑固な男だ。謀反を企てかねない敷島斎の方が、まだ話が通じる。

「洪庵先生は、正しい目的のためなら、周囲に迷惑がかかったり、嫌な思いをさせても仕方がない、構わないとのお立場ですか？」

「正しい目的のためならね。多少の犠牲は止むを得ない」

「正しいかどうかは、誰が判断します？」

「当然、自分で判断します」

「独善に陥りませんか？」

「病いに苦しむ人を救うのは、常に正しいことでしょう。独善も糞もない」

議論が、口論に発展している。気づけば隣室は静まり返っており、一旦は厨に下がった洪庵の母が、心配そうに襖の陰から覗いていた。

「つまり御自分は正しいのだから、私を含めて『周囲は我慢をせえ』ということですね？」

「そこまでは申しておりません」

「でも、そう聞こえますよ。現に私は、性質(たち)の悪いゴロツキ相手に面倒な交渉をせねばならなくなった」

「別段、頼んだ覚えはない」

「ならば源治に二両支払えばいい。いずれ三両（約十八万円）にも四両（約二十四万円）にも跳ね上がるでしょうがね。結局先生は、この屋敷を出て行かざるを得なくなり、人命を救うこともできなくなる。本末転倒。これすべて、先生の独善が招来するものだ」

「あの……」

辛抱しきれず洪庵の母が介入した。

「お殿様、この母がお約束致します。今後は決して腑分けを致さぬよう厳しく言って聞かせますので、どうぞ御無礼の段はお許しを」

「母上……」

(まったく……最後はお袋頼みか？)

と、嘆息を漏らした。

洪庵の家を出たところで、母屋の方から用人の小栗門太夫が走ってきた。年齢は還暦直前だし、肥えてもいる。それが大丈夫かと不安に思うほど大汗をかいている。

(ま、医者はすぐそこにおるが、これ以上の面倒事は御免だからなァ)

「こら、走るな！」

と、呼びかけたのだが、門太夫は走るのを止めない。

「門太夫、主命である。歩け！」

小太郎が、主命という伝家の宝刀を抜いたので、ここでようやく歩き始めた。

「殿、一体ここでなにをされておいでなのですか」

と、激しく瞬きを繰り返しながら主人を詰問した。赤い顔をして、肩で大きく息をしている。卒中でも起こさぬかと心配した。

「私はこの屋敷に戻ったばかりだ。家主として、店子との顔繋ぎも必要だろう」

「そのようなことは、奉公人である拙者なり、瀬島なりが致します。いやしくも殿は禄高五百石の旗本家の御当主、町場の家主のような気安さでは困ります。店子どもから鼎の軽重を問われかねません」

（鼎の軽重かい……ま、貸家からの家賃収入に頼ろうとしている時点で、旗本の威厳も糞もないのだがなァ）

正直、そうは思ったが、さすがに角が立つし、用人の気持ちを傷つけかねないので、口に出すのは止めておいた。

「最初だけだ。もう親しく話したから、今後はお前に任す。なに、私はまだ青二才だよ。旗本だ直参だと、肩を怒らせずとも大丈夫さ」

「左様でございましょうか」

祖父の代から仕える忠義の老臣が渋々頷いた。

ただ、実状は真逆の方向に向かっている。

なにせ敷島斎は謀反人の直弟子、洪庵は小動物解体の事実を認めたのだ。しかも謀反や腑分けに「今後は一切、手を出さない」とは明言しなかった。さらに悪いことに、それらの事実を性質の悪い博徒に知られている。貉の源治辺りから「世間に広めるぞ」と脅されたら、敷島斎や洪庵は勿論、大矢家と小太郎も窮地に陥る。今後、店子たちとの駆け引きには、微妙な舵取りが要求されるだろう。忠義心と真面目さだけが取り柄の門太夫や瀬島に、任せられる話ではない。ま、せめて喜衛門なら、ある程度は使えようが、中間に交渉役を任せるわけにはいかない。武士である門太夫と瀬島の面子を潰すことになる。

そもそも、敷島斎たちの秘密を知っているのは、誰と誰だろうか。

小太郎は心中で数えてみた。まず父と自分。相模屋の二人。当然、相模屋の他の子分衆にも漏れているはずだ。他には?

（この門太夫は、どこまで気づいているのだろうか?）

一度、確かめておかねばなるまい。

「人生経験の豊かなお前の目から見て、ここの敷島斎と洪庵はどうだ?」

若い主人から「経験豊か」と持ち上げられ、門太夫は嬉しそうにシパシパと瞬きを繰り返した。

「や、今時珍しい好青年にございまする」

確かに、謀反人の弟子であること、猫を解体していることを除けば、好人物だと小太郎も感じている。

「なんぞ問題はないかね？　妙な噂を聞いたとかさ」

「いえ、ございません。理想的な店子にございましょう」

「あ、そう」

まったく感づいていないようだ。危機察知能力は皆無である。これでは重要案件は任せられない。

（ま、ものは考えようだ）

武家奉公人は、主人の財産やお役目、家庭内の秘事(ひめごと)にまで関わりを持つ。門太夫や瀬島のように、少しトロいぐらいが丁度いい。あまりに才気走った知恵者だと、主人は枕を高くして眠れないのではあるまいか。

一方で、もし小太郎がまかり間違って町奉行にでも出世すれば、二人の奉公人は内与力として幕政に参加することになる。万が一大名にでもなれば、門太夫は御家老様だ。

(門太夫と瀬島には、内与力や家老職は荷が重かろう。あまり私は、出世しない方がよいのかも知れないな、ハハ)

「ま、それを聞いて安心したよ。門太夫、お前がそう申すなら、うちの店子に心配は不要だな」

と、笑顔で用人の肩をポンと叩いた。

「殿……この小栗門太夫、身命に代えましても、殿と大矢家をお守り致す所存にございまする」

門太夫が涙ぐみ始めた。優しい言葉をかけられ、よほど感激したのだろう。門太夫や瀬島は——小太郎とは違って——表裏がない。この涙は本物で、心底から大矢家と自分を大事に思ってくれているようだ。頼りない、トロいなぞと陰で愚痴を言っていたら罰が当たる。

(門太夫、瀬島、喜衛門……私はむしろ、人に恵まれている。頭を叩いて喜ばねばなァ)

表裏のある主人は、少しだけ反省した。

五

その夜、老中首座である本多豊後守は、駿河台に剣友大矢官兵衛の屋敷を訪ね、親しく酒を酌み交わした。三十名ほどもいる供侍や中間たちが、大矢邸の内外に展開、警護に努めた。無論、剣友との酒宴は隠れ蓑(みの)である。豊後守は、大矢家の長屋門を潜るなり愛妾佳乃の家に直行、そのまま二刻(ふたとき)(約四時間)ほど過ごすのを常としていた。

「あの助平野郎が……二刻やりっぱなしかい」

官兵衛が忌々しげに盃を干した。月代までが朱に染まるほど酔っており、呂律が怪しい。

「そうとは限らんでしょう。まぐわうだけが男女の営みではありません。しみじみと人生について語り合っているのかも知れない」

反論した小太郎の表情が、いつもより硬い。緊張しているようにも、苛ついているようにも見える。

「語り合うだと？　ヘッ、馬鹿抜かせ。爺婆の花見じゃあるまいし、きっちりやるこたァやってるよ」

と、再反論すると、立て続けに盃を呷った。

「父上、飲みすぎです」

「あのな。五郎左が来てる晩は、オイラの役目は酔っぱらってることなんだぜ」

　豊後守が妾宅にいる間、小太郎と官兵衛は母屋の書院で待機することになっていた。豊後守は大矢邸内で、旧友と酒を飲んでいる建前だ。もし上屋敷の本妻から危急の使者が来た場合など、官兵衛が対応して「酒席を中座し、厠に行っている。少し腹具合が悪いようだ」と誤魔化し、隙を見て妾宅の豊後守に通報する手筈となっていた。となれば、官兵衛は酔っておらねば不自然だろう。父が盃を手放さない所以である。小太郎が飲まずに素面を保っているのは、妾宅まで通報に走る場合、足がもつれぬための用心だ。

「なんなら小太郎、お前ェちょっと行って確かめてこいよ」

「なにをですか？」

「五郎左と佳乃が、果たしてしみじみと語り合ってるのか、まぐわいの真っ最中なのかをさ」

「ど、どうやって！」

さすがに「これは酷い無理難題だ」と腹がたち、父に向かい目を剝いた。

実は小太郎、最前から不機嫌なのである。

その理由は佳乃だ。もし彼女が「水月のお松」のような「妖艶な年増」だったら、どんなに気が楽だったろうか。あんな清楚な娘が、釜無川の少女とよく似た佳乃が、中年男相手に、淫(みだ)らな行為に耽(ふけ)っているのかと思えば、小太郎の心は千々(ちぢ)に乱れた。本来ならば、酒をがぶ飲みしたい心境なのだ。

「なに簡単さ。庭に出て、二階の窓の灯(あか)りを見てくればすぐ分かる」

豊後守は、貸家の一階に警護の番士を四名置き、佳乃を連れて二階へ上がる。もし、閨事(ねやごと)の最中なら「二階の窓は暗いはずだ」と官兵衛は言うのだ。

「ま、中には灯りを落とさずに楽しむ助平な奴等もいるだろうがなァ、五郎左と佳乃はどうだろうか、ゲヘヘヘ」

と、下卑(げび)た笑い声を上げながら、また盃を干した。

「ね、父上……そういう下品な物言いは止めていただけませんか?」

品行方正で生真面目な倅が辟易しながら呟いた。

「前にも申しましたが、父と子でする話ではないでしょう」

「うちの父子(おやこ)は、それだけ仲がいいって証じゃねェのかい?」

「少なくとも、私は苦痛です」

「く、苦痛なの?」

盃を持つ官兵衛の手が、ピタリと止まった。半開きの口のまま、小太郎をまじまじと見つめている。

「はい、苦痛です」

「そうかい……そりゃ、悪いこと……したなァ」

と、盃を膳の上に置くと、肩を落とし、俯いてしまった。しばらく沈黙が流れた。

あまりに落胆するので、哀れに思い始めた矢先、官兵衛が口を開いた。

「オイラよォ……」

俯いたまま、ボソリと呟く。

「はい?」

「酒を飲んで助平な話をするのが、何よりの楽しみ……ま、生き甲斐といえなくもねェんだ」

「い、生き甲斐ですか？」

「生き甲斐、なんだよ」

——なんとも傍迷惑で非常識な生き甲斐だ。

「でしたら、その生き甲斐は、同好の士の方々と楽しまれては如何？　朴念仁(ぼくねんじん)の私なんぞが相手では、むしろ場がシラけましょう」

「そんなことあるもんかい。オイラ、お前ェと助平な話をしてェんだよォ」

「なぜ、私と？」

「そりゃ、倅だからさ……分かるだろ？」

——今一つ分からない。普通の父親なら、倅と猥談(わいだん)などしたがらないはずだ。

「あのね、父上……」

今後のこともあるし、丁度良い機会だ。一度、官兵衛と父子の関係性、距離感などについて突き詰めて話し合っておこうと肚を決めた。話の構成、展開、持っていき方が難しい。色々と頭の中で考えを巡らせていると、部屋の外で押し殺したような声がした。

「申し上げます。本多豊後守様が、そろそろ……」

広縁から、障子越しに若党の瀬島修造が小声で報せた。

「分かった。お通しせよ」

「承知しました」

瀬島の気配が広縁から消えると、小太郎は立ち上がり、襖を開けて屋敷奥へと小声で呼びかけた。

「よいぞ。膳を持って参れ」

「はッ。只今お持ち致しまする」

と、小柄な大介の声が応え、ほどなく膾（なます）を盛った膳を捧（ささ）げ持って現れた。佳乃との逢瀬を終えた後、豊後守は必ずこの書院に姿を見せる。剣友と飲んでいた建前なので、素面や空腹で帰宅するわけにはいかない。正妻から疑念を持たれぬよう、ここで鱈腹（たらふく）飲み食いをしてから帰るのだ。

「美味そうな鯛だねェ」

官兵衛が、客用の膳から刺身をひと切れ摘（つま）み上げた。

「父上、醤油に浸けてはいけませんよ。脂が浮くから摘み食いが御老中に露見します」

「仕方ねェなァ」

父は、鯛の刺身を己が盃の酒に浸して食った。

「糞ッ、やっぱ生臭ェわ」

顔を顰めた官兵衛、醤油を注いだ小皿を持ち上げ、直接醤油をすすった。

「汚いなァ」

多少、潔癖症の傾向がある小太郎が眉を顰めた。

「大丈夫だ。こうすりゃ脂は浮かねェよ。それより、鯛に醤油とくれば、やっぱ山葵が欲しいよねェ」

今度は皿に盛られたおろし山葵を小指の先に付け、ペロリと嘗めた。

「うッ、利くねェ」

辛さに呻いて、鼻を摘む。

やはり刺身の臭いを消すには醤油だ。それも濃口醤油が欠かせない。現在のそれとほぼ同じ醤油に、すり下ろした山葵を溶き、刺身に浸けて食べる食習慣は、遅くとも十九世紀初頭頃までには完成していたようだ。

「こっちは平目か？」

今度は平目を摘み上げ、やはり刺身と醬油と山葵を、別々に口に入れて味わった。

「卑しいなァ」

「お前ェが吝なもんだから、五郎左の御相伴でもなけりゃ、滅多に刺身なんぞ口に入らねェからなァ」

「おい、小太郎」

違う方向から急に声がした。

「え？」

見回すと襖が二寸（約六センチ）ばかり開いており、その隙間から覗いているのは、なんと豊後守だ。

「これは、御老中……」

慌てて平伏した。

「よいか小太郎、広縁に出てな。床下を確認せよ。もし誰ぞ忍んでおったら、斬れ！」

「五郎左よ……ちと奥方を気にしすぎではねェのかい？」

刺身を慌てて飲み下しながら官兵衛が窘めた。

「たわけ。気楽に申すな。貴公とは背負っているモノが違うのだ。もし奥に、佳乃とのことが露見したら最後、ワシは老中を辞さねばならぬし、佳乃は下手をすれば殺される」

「こ、殺されるって……」

驚く小太郎を、豊後守が睨んだ。

「我が奥方はな、そういう……恐ろしい女なのだ」

「ふん、そんなもんかねェ」

官兵衛が盃を干した。

「いいから、床下を確かめて参れ。暗くて見えんぞ。なんぞ灯りを持参した方がよい。心してかかれ」

「はッ」

是非（ぜひ）もない。燭台の蠟燭（ろうそく）を手に持ち、静かに障子を開けて庭に飛び降り、床下を覗き込んだ。

（なにもいるはずが……あ、いた）

闇の中に青白く光るものが二つ——獣の目だ。狸である。警戒して、ジッとこちらを見ている。

「なんぞ、おったのか？」

「狸が一匹、おります」

小太郎は内心で「猫でなくてよかった」と洪庵の丸い顔を思い出しながら、豊後守に答えた。

「大山鳴動して狸一匹かァ、ハハハ、こいつァいいや」

官兵衛が爆笑した。

六

豊後守はよく食べ、よく飲んだ。

「ある程度は酔って、腹も膨れておらねば、奥に怪しまれるからのう、へへへ」

そう幾度か弁明しながら、盛大に食らい、かつ飲む。

豊後守がふと箸を止め、官兵衛を睨んだ。

「貴公、刺身をくすねたろ？」

「馬鹿野郎、そんな吝なことするかい」

「鯛と平目の盛り方が不自然だ。醤油皿には口を付けた跡がある。山葵にも、ほら少しこの辺りが……」

と、盛られた山葵の微妙な変形を指し示した。

「でも、なんでオイラだと決めつけるんだ？　ここには倅もいたんだぜ。小太郎かも知れねェじゃねェか？」

「では、お前か？」

今度は小太郎を睨んだ。

「と、とんでもございません」

飛び火に慌て、畳に額を擦り付けた。実父が老中の刺身を盗み食いして、人生を棒に振っては堪らない。

「老中の刺身をくすねるような不埒者、とても御書院番になど推挙できんな。残念だが、あの話は無かったことに……」

「分かったよォ」

真犯人が音を上げて降参した。

「倅を巻き込むな。刺身はオイラが食った。毒見のつもりだったんだ。勘弁してくんな」

「ふん。ワシを誰だと思うとる……幕府の老中首座であるぞ。この目を誤魔化せるとでも思うたか。この大たわけが、ふん」

機嫌をよくした豊後守は、茄子の煮浸しを口に放り込むと、底に残った汁を飲み干し、空になった漆器椀に酒を注ぎ豪快に呷り始めた。

ちなみに、この酒肴はすべて大矢家の「持ち出し」である。豊後守が妾宅を訪れる毎に接待せねばならぬから、結構な物入りだ。一度、官兵衛が酒代を要求したこともあったが——

「黙って飲ませろ。貴公の倅を甲府から帰参させ、お役につけるための賂だと思ってな、ハハハ」

との反駁を食らってしまったそうな。

「どうだ小太郎……博徒一味を追い出す算段はついたのか？」

四半刻（約三十分）後、物凄い勢いで飲み食いし、今や酔眼朦朧となった豊後守が、もつれる舌で質した。

「今しばらくの御猶予を」

「難儀しておるのか？」

「いささか」

「出て行って欲しい旨は伝えたのであろうな？」

「はい、それは勿論」

「しかし、出て行かない……つまり大矢親子は、博徒に弱みを握られているということだな」

どう答えていいのか分からず、面を伏せた。

「一体全体、どのような弱みだ？　銭か？　不祥事か？　まさか女ではあるまいな、ハハハ」

（女が弱みなのは、あんただろうが）

と、心中でやり返した。

「じつは、銭なのだ」

横から、官兵衛が口を挟んできた。

「相模屋からオイラが銭を借りていてな。それを返さねェうちは、強くは出れねェ。辛いところよォ」

「相手は博徒じゃ。どうせ博打の負けであろう。幾らだ？」

「九百両（約五千四百万円）」

（ち、父上？）

小太郎は度を失った。相模屋への借財は八百両のはずだ。ひょっとして豊後守が都合してくれるかも知れないので、思いつきで百両を上乗せしたのだろう。超過分は自分の懐に入れ小遣いにするつもりだ。如何にも、小悪党が思いつきそうな悪知恵だが、なにせ騙す相手は老中である。大丈夫か。

「ほう、相当な金額だな。返す目途は立っているのか？」

「ない。貴公は老中首座だろう？　なんとかならんかなァ」

「たわけ。なるか！」

鰾膠（にべ）もなく拒絶されたその刹那——

ゴーン。

　南東の方角から夜の四つ（午後十時頃）を告げる鐘が響いてきた。日本橋本石町(ほんごくちょう)の時鐘だ。駿河台の大矢屋敷からは、直線で十五町（約千六百メートル）ほどの距離で、よく聞こえた。本石町の次は上野寛永寺(うえのかんえいじ)、その次は市ケ谷八幡(いちがやはちまん)と順送りに時を告げ、九番目の四谷天龍寺(てんりゅうじ)が鳴って終わる。

「も、もう四つか……」

　上機嫌だった豊後守の表情に、俄かに影が差した。

　今まで大矢父子に「ワシは老中首座であるぞ」「誰のお蔭で甲府から戻れたと思うとるか」と威張り散らし、喚き散らし、絶好調であったものが、なぜか押し黙り、俯き加減で酒の椀をソッと置いた。座布団からフラフラと立ち上がり「帰る」と小声で呟いた。

「お供の衆を呼びまするか？」

　小太郎が質すと、焦点の定まらぬ目で虚空(こくう)を見つめたまま「うん、頼む」と、か細い声で応じた。

　玄関前に乗物(かご)を着け、式台から四つん這いになり、ゴソゴソと乗り込む。引き戸を少し開け、官兵衛を手招きした。

「官兵衛、後は頼んだぞ」

「心得た。しっかりしろ。すべてうまくいくさ」

「うん。貴公だけが頼りじゃ」

そんな情けない会話を交わした後、豊後守は引き戸をピシャリと閉めた。行列が静々と歩き始める。長屋門を出て、右へ曲がり、本多家の上屋敷がある雉橋御門方向へと帰っていった。

「私、一点だけ疑問があるのですが」

玄関で老中を見送った後、小太郎は父に質した。

「豊後守様はなぜ、わざわざ我が家に立ち寄られ、飲み食いしてから帰られるのでしょうか？」

「だからさ、素面で帰ると奥方に……」

「や、そこは分かります。私が疑問なのは、折角妾宅を訪れたのだから、佳乃殿と差しつ差されつ、酒肴を楽しまれれば宜しいのでは？　そういうことです」

「確かに……なにも、むさ苦しいオイラたちと飲むこたァねェよなァ」

「その通りです」

愛する女の酌で飲んだ方が、よほど酒も美味いだろうに——。

「あの……これはオイラの想像だけどよォ」

と、官兵衛は辺りを見回し、小太郎の耳元に囁いた。

「奴も年齢が年齢だァ。酔うとあちらの方が不如意に……つまり、役に立たなくなるんじゃねェのかな？　初めはよくても、後から駄目になるとかもあるそうだぜ。だから奴ァ、事の後に飲むようにしてるんだよ……多分なァ」

「ほう、なるほど」

まだ二十二歳の小太郎に思い当たる節はなかったが、中年以降の男は時に、その手の悲劇に見舞われるやに聞いていた。

「野郎も四十半ばだしよォ。御城でも屋敷でも心労が重なれば、珍宝も臍を曲げるってもんさ」

小太郎の心は少し軽くなった。正直、彼は佳乃に好意を持っている。権力や財力では豊後守に遠く及ばないが、若さという一点でなら、自分にも勝ち目はあるのかも知れない。

「まさか父上も、そうなのですか？」

「や、オイラは全然大丈夫だよ。酔えば酔うほどビンビンだァ」

能天気に暮らす父が勝ち誇った。

「それはそれは祝着(しゅうちゃく)にございまする。父上はどこでも、気遣いなど一切なされませんものね」

「よせやい。照れるじゃねェか」

「別に、褒めてはおりません」

と、真顔で答えた。

「あ、そう」

極めて遺憾ながら——結局今夜もこの父子、下(しも)の話で締めくくることになってしまった。

第三章　刺客

一

翌朝、小太郎は箒(ほうき)の音で目が覚めた。

シャワ、シャワ、シャワ。

優しく軽やかな音だ。おそらく佳乃であろう。毎朝、貸家の周囲を掃き掃除するのが日課らしい。これが中間や小者が使う箒だと――

ジャッ、ジャッ、ジャッ。

と、猛々(たけだけ)しい。それはそれで活気があってよいものだが、穏やかな箒の音で起こされる朝は格別だ。佳乃の細やかな人柄が偲(しの)ばれた。

「いい娘だけどなァ」

と、切なげに呟いて身を起こした。いい娘だけど、他人のモノだ。

元々佳乃は武家の娘であるそうな。新宿百人町の鉄砲同心の長女として生まれた。三十俵二人扶持（約百二十三万円）の俸給で家族は八人——内職として躑躅の栽培などを細々と続けていたが、父親が病いを得て一家は困窮。長女である佳乃は弟妹たちのため、自ら進んで深川の置屋へ身を売り、芸者となった。宴席の座持ちは必ずしも巧くはなかったらしいが、武家の息女ということで富裕な町人層からの人気が高く、売れっ子となった。座敷で豊後守と出会い、見初められ、現在に至る——なんとも「哀歌」ではないか。

小太郎は夜具から出ると、立ち上がって両の拳を天井に向けて突き上げた。

シャワ、シャワ、シャワ——

優しい箏の音が急に途絶え、代わりに男が小声で囁く声が伝わってきた。

「ん？」

閉められた障子を細く開き、外の様子を窺ってみる。

箏を手にした佳乃が、見覚えのない小柄な男と喋っている。総髪に濃紺の作務衣を着た中年男である。彼の方から必死な様子で話しかけており、佳乃は聞き役だ。困ったように小首を傾げ、時折、顔の前で右手を小さく振ってみせた。

（あれは……迷惑しているのではないか？）

小太郎は、刀掛けから脇差をとって左腰に佩び、障子をわざと乱暴にガラリと開けて広縁に出た。さも今起きたばかりのような体で、大きく伸びをしてみせた。

中年男は小太郎の出現を嫌気したのか、少し小腰を屈めると、そそくさと奥の借家へと入っていった。あの家の借主は、歌川偕楽とかいったはずだ。歌舞伎役者の飲み仲間だが、酔うと喧嘩っ早くなる絵師だ。

（六人いる店子のうち、まだ偕楽とだけは話をしていない。よい機会だから、一度会っておくか……深川から戻った後でもいいだろう）

今日は朝から、深川にある母の墓へ江戸帰参の報告にいく予定を組んでいる。五年半ぶりの墓参だ。

（随分と御無沙汰してしまったが、母上は痺れを切らしておいでだろうなァ）

そんなことを考え、ふと見ると、佳乃はまだ箒を手にしたままそこにいた。困ったような表情でこちらを見ている。小太郎と目が合うと、深々と一礼し、すぐに家へと入ってしまった。

（なんだ、今のは？）

起きがけの回らない頭で考えた。

（ああ、なるほど。なるほどね）

佳乃は、偕楽になんぞ迷惑な話を持ちかけられて困っていた。そこへ小太郎が姿を現し、偕楽が去ったので、佳乃としては「家に入る前に、会釈ぐらいしておかねば」と思ったのだろう。で、小太郎と視線が合うまで待っていた——ま、そんなところだ。

ただ、笑顔は見せない。表情は硬いままだ。小太郎はまだ、佳乃の笑顔を見たことがない。礼儀は知っているが、愛想は悪い。あれでよく芸者が務まったものだ。ひょっとして——愛想は、豊後守が来る夜のために、とっておく積りなのかも知れない。

（旦那とお妾か……仲睦（むつ）まじくて結構なことさ、糞ッ）

自分の言葉に自家中毒を起こし、小太郎はしばらくの間、悋気（りんき）に身悶（みもだ）えすることになった。

深川へ向け、屋敷を徒歩で出た。

墓参の供は、中間の喜衛門が一人きりである。父も誘ったのだが、今朝急に風邪を引いてしまったらしく、残念ながら行けないという。

「オイラこの五年半、墓参りへは毎月のように行ってたんだ。今日のところは、お前ェ一人で挨拶してきなよ」

と、父は胸を張ったが、小栗門太夫と瀬島修造にそれとなく確認したところ、官兵衛が墓参していた事実はまったくないそうな。この五年半は、大矢家として盆と暮れの年二回、中間を墓所に遣り、掃除をして線香をあげる——その程度の供養状況であったという。

（門太夫や瀬島に隠れて、お一人で墓参りされていたのかも知れないが……ま、ないか）

父は、小太郎の母に負い目があるのだ。飲み、打つ、買うの三拍子揃った遊び人で、生涯にわたり女房孝行とは無縁だった。今さら墓に手を合わせるのも、白々しく感じるのだろう。分からないではない。その分、息子である自分が、父の分までちゃんと供養すればそれでいい。

大矢家の墓は、深川は小名木川沿いにあった。本誓寺という浄土宗の寺だ。百年ものの苔生した墓石に手を合わせ、先祖と母の霊に、帰参が叶った旨を報告し、感謝した。

深川からの帰途、小太郎は新大橋を渡った西詰めで、喜衛門を先に帰した。浜町に住む私塾時代の朋輩の屋敷を訪ねることにしたのだ。友は「よく戻れたな」と大層喜んでくれ、酒になった。

積る話もあり、宴は進んだ。友の屋敷を出たのは、夜の四つ（午後十時頃）を少し回った頃だ。

その気配は、友の屋敷を出た直後から感じられた。

二人だ。十間（約十八メートル）ほど間を置いて後をついてくる。故意に足音を潜めると、地面を踏む草履の音が微かに聞こえた。

本日は旧暦の二十四日だ。月が顔を出すのは、夜半を大分過ぎた辺りだろう。人気のない武家地は、墨を流したような闇に閉ざされていた。浜町の友から借りたブラ提灯だけが頼りだ。

（偶さか同じ方向に歩いているだけかも知れん……確かめるか）

小太郎は角を曲がり、細い路地へと入った。数歩進んでから提灯の炎をフウと吹き消す。一気に辺りは真っ暗闇と化した。傍らの築地塀に寄り、身を屈めた。

しばらく待つと、果たして後続の足音も角を曲がってきた。これで確実だ。奴らは小太郎を尾行けている。若い武士を狙う追剝ぎはおるまい。刀はあるし、銭はないのだから。

闇に目が慣れると——やはり男が二人だ。揺れる提灯の明かりを尾行てきたところが、急に灯りが消えたので、慌てて走り出した。

（盗人でなければ何者だ？　父上がどこぞで恨みでも買われたか？）

惚けた父の顔がまず浮かんだ。

女出入り、博打の負け、酒代を踏み倒したとか。官兵衛なら、あちこちで恨みを買っていそうだ。

どうしても立ち退きたくない相模屋が放った刺客かも知れない。幕府への謀反を企てる敷島斎が、家主の口を封じようと考えた可能性もある。

（ひょっとして、豊後守様の奥方の手の者？）

駿河台の剣友と飲んでいるとの下手な嘘が、そろそろバレかかっているのかも知れない。

二人の追跡者は、小太郎が屈んでいる前を駆け抜けた。佩刀（はいとう）の鯉口を切りながら、ゆっくりと立ち上がった。

（どれも考えられなくはないが……私の直感では、多分違う）

「なんぞ御用かな？」

二人組は、背後から声をかけられ慌てたか、たたらを踏んで足を止めた。

「話をしたいのか？　それとも、刀で話すか？」

そう呼びかけつつ、先んじて大刀を抜いた。二人とも大柄な武士である。闇の中、顔形までは見えないが羽織袴姿であるのは確かだ。

一人が刀を抜いた。向かって右の男は抜かず、腰の大刀を摑んで引き付け、わずかに腰を落とした。

（右側は厄介だ……あの構えは、多分居合だろう）

「貴公ら、槙之輔（まきのすけ）に言われて来たのか？」

そう問いかけながら、ジリジリと左に寄った。居合の要諦（ようてい）は、狭い空間、近い間合いで、相手をいかに素早く確実に倒すかにある。初手の抜き打ちが怖い。少しでも右の相手から距離をとっておきたかった。

「ふん。名乗る気もないと見える」

「卑怯者に名乗る名はない」

向かって左側の武士――刀を抜いた方が静かに答えた。声に震えや怯えは感じられない。場数は踏んでいるようだ。

(いつの間にか、私の方が卑怯者になっているようだな)

遣り取りから察するに、ほぼ間違いあるまい。甲府を発った日の午後、山中で鉄砲を射かけてきた男――葵槙之輔が放った刺客であろう。

銃撃からひと月近くが経つ。小太郎の腹に弾を撃ち込み「これで死んだ」と溜飲を下げていたところが、江戸に戻ってピンピンしていると聞き、改めて刺客を送ってきたのだろう。

(これは、なかなか難しい立ち合いになるぞ)

たとえ左の男を首尾よく倒したとしても、右の居合にやられる。人を斬れば、どんな達人でもほんの一瞬、動きがピタリと止まるものだ。そこを踏み込まれ、抜き打ちざまに胴を抜かれる。抜刀術は、裂帛の気合とともに、刀の鞘を割るかのような勢いで抜き打つ。電光石火の如し。斬られた者は、腸を路地にぶちまけ、苦しみ悶えながら一巻の終わりとなる次第だ。

（ならばどうする……三方の位置関係になるのはいかにも拙い。右の居合と私との狭間に、左の男を置きたい。三人が一線に並べば、居合の抜き打ちを封じることができよう……今だ！）

咄嗟に大きく左へ跳んだ。

「おいさッ」

左の男が打ち掛かってくるのを、刀を振っていなし、着地した左足を踏ん張って、前がかりになった男の懐へエイヤと飛び込んだ。抱き着くようにして、切っ先を腹の真ん中に深々と刺し込み、グイと捻り上げる。

「うぐッ」

腹の中央部、縦方向には太い血の管が通っている。これを傷つければ、腹腔内に大量に血が流れ、その者は瞬時に無力化する。小太郎は刺した男と胸を合わせ、脇の下から左手を指し入れ、髷の辺りをガッチリと摑んだ。小太郎の腕の中で、男の命が徐々に萎んでいくのが分かる。髷を摑んだ手を離せば、ズルズルと足元へ崩れ落ちるはずだ。

「も、茂兵衛！」

居合が鋭く叫んで、左へ跳んだ。小太郎は髻を摑んだまま「茂兵衛」の体を居合の方へ向ける。酷いことだが、ここは瀕死の「茂兵衛」を盾として使わざるを得ない。居合は、隙を探して今度は右へ跳んだが、小太郎も「茂兵衛」をそちらへ向ける。茂兵衛が「あわ、あわ」と何か喋ろうとするが、腹の中で出血し、それが口から溢れ、言葉にならないようだ。これは遠からず死ぬ。

居合は左手で大刀を引き付け、右手を柄にあてがい、腰を落としている。いつでも抜き打てる姿勢だ。

（一つ間違えば、いかれるなァ……ここは、下手に動けんぞ）

立ち合いは膠着した。

小太郎の腕の中、茂兵衛はほとんど動きを止めていたが、急に「うう」と呻いて、ビクリと動いた。

「茂兵衛！」

居合が叫んだ刹那、小太郎は「茂兵衛」を居合に向けて突き飛ばした。かろうじてまだ生きている体が、居合に覆いかぶさり、居合はそれを右に跳んで避(よ)けた。その輪郭に向けて、小太郎は素早く刀を振り上げ、斬り下げた。同時に居合の腰の辺りで白刃(はくじん)が煌(きら)めいた。小太郎の左の太腿に微かな衝撃が走る。生暖かい液体――おそらくは血が伝わり落ちた。痛みはない。感じない。

ガッ。

一方、小太郎の大刀は居合の額を、真向から深々と斬り下げていた。居合は、朽ちた巨木が倒れるようにドウと崩れ落ちた。

勝負はあった。後は、逃げるのみ。

自分は江戸城本丸御殿への出仕を待つ身だ。面倒事はいけない。

ブラ提灯には浜町の友の定紋が入っている。友を巻き込むわけにはいかぬから、うち捨てた提灯を回収し、駿河台へ向けて駆け出した。

「ううッ」

ここで、ズキンと痛んだ。左太腿だ。痛みの底に重たさを感じる。かなりの深手と思われた。

（ともかく、屋敷まで……駿河台まで帰らねば……）

浜町堀を栄橋（さかえばし）で渡り、人気の無くなった日本橋界隈から駿河台へ抜けようと、痛む足を無理に西へと向けた。

二

本石町の辺りで、本格的に辛くなってきた。痛み云々よりも血が流れすぎ、頭がボウッとしてふらつく。屋敷までは、ほんの半里（約二キロ）程度だが、とても辿り着ける気がしなかった。

（失神して御番所にでも担ぎ込まれたら最後だ。浜町の二つの斬殺体とすぐに関連付けられるぞ）

小太郎が旗本だと知れれば、奉行所はすぐに幕府目付に報告するだろう。ま、襲われたのは自分の方だし、二対一の卑怯な立ち合いに勝ったのだから、上手くすれば改易は免れようが、書院番士としての出仕話は、ほぼ雲散霧消となるだろう。理由は簡単——素行不良だ。夜な夜な江戸御府内で、斬り合いをしているようでは言いなかった。

訳ができない。小太郎としては、気を失う前に、なにがなんでも身を隠さねばならなかった。

（そうだ。お松さんに匿ってもらおう）

この先二町（約二百十八メートル）か三町（約三百二十七メートル）歩けば鎌倉河岸だ。水月がある。お松がいる。先日、小太郎に身を寄せて「化け猫、ニャオン」と囁いたお松の白粉の香を今も覚えている。彼女なら、決して反目には回らないような、助けてくれるような気がした。

水月にはまだ客がいる様子だった。小太郎は喘ぎながら裏手に回り、勝手口の板戸を小さく叩いた。

「誰だい？」

おそらくは親吉とかいう板前の声だ。

「駿河台の大矢小太郎だ。ちと怪我をしてな。済まんが、ここを開けてくれ」

「お、お殿様？　今、開けます」

との返事を聞いて、気が緩んだものか——ここで小太郎は気を失った。

「若様！　小太郎様！」

闇の中で、お松の声を聞いた。「化け猫、ニャオン」のときとは違う、切羽詰まった声だ。目を開くと、八畳間に布団が敷かれ、その上に寝かされていた。お松が覆いかぶさるようにして、心配げに覗き込んでいる。白粉の匂いがしない。店に出ていたであろうお松は、丁寧に化粧を施している。その匂いがしない――感覚が麻痺しているのだ。これは、よほど重篤のようだ。

（私は……死ぬのかな？）

ボウッと淀んだ頭に、縁起でもない言葉が浮かんだ。

お松が、覚醒した小太郎に呼びかけた。

「お気を確かに！」

「一体どうなさったんですか？　大層な傷ですよ……今、医者を呼びに行かせますからね」

「あ、お松さん……医者は駄目なのだ」

普通の町医者は、大概八丁堀の同心と連絡を取り合っているものだ。「不審な怪我人を治療した」とすぐに報告されてしまう。御書院番士が遠のく。

「済まんが、屋敷に使いを走らせてくれ。我が家の店子に蘭方医がいる。長谷川洪庵という男だ。彼を呼んでくれ」

　小太郎と洪庵は、ほんの数日前に口論したばかりで少しだけ不安があった。しかし、他に奉行所に注進しなそうな医者を小太郎は知らなかった。洪庵なら、家主と店子の関係ではあるし、それ以上に、犬猫腑分けの問題もあって奉行所に足は向かないだろう。

「長谷川洪庵先生ですね？　承知しました」

　お松が頷いた。夜も遅いということで、女中を走らせるわけにもいかず、代わりに板前の親吉が行ってくれた。

「支度を含めても、半刻（約一時間）あれば洪庵先生を連れてきますよ」

　お松が励ましてくれた。実際のところ、半刻ではさすがに無理だろうが。

「お松さん……」

「はい？」

「有難う。御迷惑をおかけします」

「あら、まあ……」

　お松は驚いたように目を見開き、小太郎の肩にソッと手を置いた。

「全快されたら、いっぱい恩返しして下さいね、ウフ」

　そう言って、艶然と微笑んだ。

「どうされました？」

　本当に半刻後、丸顔童顔の若者が小太郎を覗き込み、こちらもニコリと微笑んだ。先日の口論を根に持ってはいないようで、小太郎はホッとした。

　目の下と唇を捲って粘膜の色を確認し、掌を小太郎の額に置いた。この手で犬猫を切り刻んだのかと思えば、多少不気味ではあったが、心中で「この男は医師なのだ」と自分に言い聞かせて我慢した。

「熱はないようだな」

　余程急いだのだろう、只でさえ赤い頬を上気させている。お松の言葉通り、半刻と少しで、鎌倉河岸までやってきた。走ったのだろうか。

「袴を脱がせます。少し痛むかも知れませんが」

「なに、大丈夫」

　洪庵は、お松に手伝わせて小太郎の袴を脱がせながら、背後で心配げに見守る女中と親吉に、湯を沸かすよう命じた。

「これは酷い。骨が見えそうだ」

洪庵が呟いた。

「もう少しで太い血の管を切っていました。危ないところでしたよ」

然程に傷の痛みは感じないが、感覚は麻痺しているらしい。むしろ体全体が痛いような、だるいようなで力が入らない。よくぞ浜町から鎌倉河岸まで歩けたものだ。よほど気が張っていたのだろう。現在動けないのは、お松や洪庵の顔を見て気が抜けたからに相違ない。もう、どうにでもしてくれ——そんな心境で丸太のように横たわっていた。

「どうなさるんです？　治療はどのように？」

丸太化した小太郎に代わり、お松が洪庵に質してくれた。まるで病気の子を案ずる母親のような口ぶりである。女性は不思議だ。同じ男に対して、母にも女にもなれるようだ。ひょっとして、娘にも姉にも妹にもなれるのだろうか。

「湯と焼酎で傷口をよく洗い、その後は縫合します」

「ほうごう？」

お松が怪訝そうな顔で洪庵を見た。小太郎は「縫合」を知識としては知っていた。

戦国末に葡萄牙(ポルトガル)から伝わった治療法だ。国中に広まることこそなかったが、一部の蘭方医はそれをやった。

「傷を縫い合わせるのです」

「ぬ、縫う?」

お松は、裁縫の仕草をしてみせた。

「針と糸で?　人間(ひと)の体を?」

「そうです。針と糸とで、傷口を縫い合わせます。快復が断然早い」

「でも……ぬ、布じゃないんだから」

「なに、似たようなものですよ」

お松が洪庵を胡散臭そうに睨んだ。まるで不審者を見る目である。彼女に、この赤い頬をした丸顔童顔の青年が、夜な夜な「猫の死骸を切り刻んでいる」と伝えたら、一体どんな顔をするだろうか。

ちなみに、元禄十四年(一七〇一)、松の廊下での刃傷(にんじょう)の際、受傷した吉良上野介(きらこうずけのすけ)を治療した御典医は「吉良の額を数針縫った」と記録されている。おそらく蘭方の知識を持つ者が施術したのだろう。

「よお、生きてるかい？」

障子を一尺（約三十センチ）ほど開いて顔を覗かせた官兵衛が、布団の上に横たわる倅を見て苦く笑った。つい最前、本石町の時鐘が八つ（午前二時頃）を告げたばかりだ。

「あ、これは父上」

身を起こそうとする小太郎を「そのまま、そのまま」と制し、八畳間に入ってきた。官兵衛は、枕元に座り込み、ちらとぶ厚く晒を巻かれた太腿に一瞥をくれた後、笑顔を倅に向けた。小太郎を元気づけようと、無理に微笑んでいるのが分かる。日頃はちゃらんぽらんな父を疎ましく思うこともあるが、今宵限りは、心配をかけて申しわけないと心底から思った。勿論、それ以上に父親の顔を見られて安堵したし、嬉しかった。

「やられたな。相手は誰だ？」

「分かりません……二人とも武士です。一人が居合を使うので難儀しました」

「斬ったのか？」

「はい。二人とも」

「やるねェ。甲府で喧嘩の腕を磨いたのかい？」

「け、喧嘩って……」

や、実はその通りなのだ。

「勤番士には頭のおかしい者も多いし、気の荒い土地柄ですから、刃傷沙汰（ざた）は結構ありましたね」

中には大層に鉄砲まで持ち出す者がいる——葵槙之助、いつか決着を付けねばなるまい。

「なにしろ、夜が明けたら町も御番所も大騒ぎになるぞ。で、相手は誰だ？」

「ですから申しましたでしょう。見当もつきません」

「こら、父と子の間で嘘や隠し事があっちゃいけねェよ」

や、嘘も隠し事もある方が普通だろう。もし官兵衛の恥や罪や嘘をすべて聞いてしまったら、規範意識が強く生真面目な小太郎は、人生に絶望して悶死（もんし）するに相違ない。

「喜衛門から聞いたけど、お前ェ、鉄砲で撃たれたんだってな？」

と、舌打ちした。甲州の山中で狙撃されたことは「決して、口外しないように」と三人の従者に厳命したはずだ。ただ、主人が刺客に襲われ重傷を負ったと聞き、喜衛門は官兵衛に事実を告げたのだろう。ま、事が事だ。中間を責めることはできない。

「……喜衛門の奴」

「甲府で恨みでも買ったのか？」

「ま、そういうことです」

事ここに至っては、シラも切れない。

「恨みといっても、言いがかりみたいなものですが」

「恨みってのは大概そんなもんさ。で、お前ェのことだ、酒と博打で恨まれることたァ、まずねェな」

小太郎は品行方正で謹厳実直、子供のころからそういう評価が定着している。

「となると女か？　分かった、女だな。お前ェは背丈もあるし、面(つら)もそこそこだ。おぼこい娘に惚れられたが、お前ェにその気はねェ。ところが娘には、妹思いの兄貴がいやがった。こいつが少々頭のネジが切れてたんだな？」

妹に恥をかかせた小太郎を、その兄が恨み、妹の恥を雪(そそ)ごうと刺客や銃弾を放っている——と、官兵衛は推理し、断定してみせた。

「なるほどね。面白いです」

「ふふふ、図星かい？」

「全然。そのような浮いた話は一切ございません」

「あ、そう……つまらねェな」

しばらく会話が途切れた。

「甲府の件は、私がなんとかしますよ」

小太郎がボソリと呟き、さらに続けた。

「私も脇が甘かった。身から出た錆ですから、自分でなんとかします」

「意気がるのも結構だけどよォ。相手は鉄砲持ってんだろ？　屋敷に鉛弾でも撃ち込まれた日にゃ大騒ぎになるぞ。忘れんなよ、うちに来る客の中には現役の老中がいるんだぜ」

「は、はい」

時の老中首座が滞在する旗本屋敷に、銃弾が撃ち込まれれば——たとえそれが老中を狙ったものではなくとも一大事となる。奉行所はおろか、目付から火盗改、幕闇までを巻き込んだ大騒動となりかねない。小太郎の書院番士補任はおろか、大矢家自体が吹き飛ぶ事態となるだろう。

「甲府で一体、なにがあったんだ？　誰にも言わねェから、オイラにだけコソッと教えてくれよ。な、頼むよ」

官兵衛が屈んで、小太郎の口元に耳を寄せた。

「申せません」

「ほんじゃ、喜衛門に訊くぞ！」

今度は肩を怒らせた。脅したり、すかしたり、まるでゴロツキの交渉術だ。

「野郎、隠しやがったら鞭で打ち、石を抱かせても吐かせてやる」

「折角ですが、喜衛門はなにも知りませんよ。小吉も大介も知りません。銃撃を受けたとき、三人とも驚いていたほどですから」

「本当に？」

「本当です」

嘘である――三人とは五年間寝食を共にしたのだ。小吉と大介も薄々とは、喜衛門に至っては、かなり深く事情を知っている。ただ、それを父に伝えると、本当に拷問を加えかねない。

「あ、そう」

またも気まずい沈黙が流れたが、今度は父の方から折れた。

「なァ小太郎ォ……なにがあったのさァ。心配じゃないかァ。父ちゃんにだけコソッと教えてくれよォ」

「断じて、申せません！」

頑固一徹な倅が、自由奔放な父を敢然と拒絶した。

三

洪庵の「縫合」により小太郎の快復は順調だった。三日間は大事をとって、水月で横になって過ごしたが、四日目には町駕籠を仕立て、屋敷へ戻るまでになった。屋敷には主治医が同居しているわけだから、至れり尽くせりである。ただ、完全に傷が癒着するまでは「動かぬ方がいい」と指示されているので、屋敷でも自室で寝て過ごした。

洪庵は蘭方医であるが、症状に応じて漢方薬を併用する柔軟性を具えていた。

小太郎の刀傷の治療には徹底して蘭方で対処したが、同時に漢方の補剤を服用させることで、全身の体力充溢を図ってくれる。その方針やよし。小太郎はどんどん快復した。ちなみに、補剤とは、補中益気湯、十全大補湯などに代表される精力剤である。

長谷川洪庵――若いが、腕の確かな医者だ。ただ如何せん、一点だけ閉口することがあった。

「宜しいですか。犬猫の腑分けをしていたからこそ、足の太い血の管の走り具合が分かったのです。解体新書を含め、書籍からの知識とは段違いなのです」

洪庵が、小太郎の太腿の傷に膏薬を塗りながら言った。日に二度の診察の際、こうして「腑分けの効用」を長々と繰り返すのだ。家主である小太郎を説得し、己が志の正当性を認めて欲しいのだろう。

「やはり腑分けは医術の進歩には欠かせません。腑分けは人助けです」

「ははは」

「可笑しいですか？」

小太郎が笑うと、洪庵は施術の手を止め、ムッとした様子で質した。

「や、腑分けと人助け……語尾を揃えたのでは？」

「私は真剣です。上手いことを言おうなぞとは微塵も思っておりません」

よほど気分を害したのか、声が大きい。

「私が申し上げたいのは唯一つ、犬猫の腑分けが人助けに……」

「これ、そう大きな声で……腑分け腑分けと仰るな」

と、枕から頭をもたげ、周囲に人がいないことを確かめた。

（この人の、こういうところだ）

と、小太郎は思った。

洪庵は腕のいい医師で人格高潔だ。傑出した人間であることは間違いない。ただ、あまりにも志が高いと、自らの行動や言動を省みる機会が減るのではあるまいか。蓋し、自分は私心がなく正しい道を歩んでいるのだから、迷う必要も、反省する必要もないはずだ、と。

無学な小料理屋の女将が「人の体を縫い合わせる」ことに驚いているのに「布を縫うのと変わらない」と言い切ってしまう洪庵。医学の進歩のために腑分けが必要だとしても、周囲の嫌悪感には、あまりに無頓着な洪庵。周囲への配慮不足が、ひいては自らの首を絞め、理想の実現は遠退いてしまう。その点を小太郎は大いに惜しんだ。人は、迷いを持つぐらいが丁度いいのかも知れない。確信を持って生きる者は、むしろ危うい。

翻って小太郎自身はどうであろうか。

自分は、真面目だ。常識的だし、いつも公平であろうと心がけている。弱者を虐めたりはしないし、強者に媚びたりもしない。ただ、必要に迫られれば、刀も抜くし、人も斬る。年増には劣情をもよおし、甲府には自分を殺そうとするほど憎む者までいる。だからこそ、かえって「自分が正しい」なぞとは金輪際思わない。思えない。いつも「これでいいのか？」「間違いないか？」と自問しながら生きている。結果、自分は歴史的な壮挙もなし得ないだろうが、取り返しのつかない悪徳も犯さずに済みそうだ。

（ま、こんなもんだろう。私の人生、しばらくはこのままでいってみよう）

天井の杉板を見つめながら、自分の生き様に及第点を与えた。

「で、どうなのです？」

「は？」

「聞いておられなかったのですか？」

洪庵が不満そうに口先を尖らせた。ただでさえ丸顔童顔なのだ。余計に子供っぽく見える。この顔で猫を――ま、いいか。

「済みません。ちと考え事を……あ、確か絵師の偕楽さんの話でしたね」

耳の端に残っていた微かな言葉の記憶から、「偕楽」なる語を手繰(たぐ)り寄せた。

「左様です」

（あ、よかった……当たりだ）

偕楽が、佳乃に「言い寄っている」と洪庵は訴えていたのだ。

「つまり、口説いているとか……そういう意味ですか？」

「私には、そう見えてなりません。佳乃殿は迷惑顔をしておられます」

「あ、そう」

そう言えば、小太郎も見ている。斬り合いをした日の朝のことだ。六日ほど前になるか。掃き掃除をする佳乃に、偕楽は執拗(しつよう)に迫っていた。確かに、あの日の佳乃は、迷惑そうな顔をしていたっけ。

（でも、本当に言い寄っていたのかな？）

実際に女を口説いたことなどないが、どこか違うような気がした。むしろ偕楽の表情は必死で、説得か頼み事をしているような印象だった。

（そもそも女を口説くなら、笑顔で優しい言葉をかけるものだろうさ）

ま、一概にそうとは限らない。色は思案の外ともいう。百組の男女がいれば、百通りの恋模様、口説き方、口説かれ方があるものだ。大矢小太郎、まだまだ青い。

「分かりました。偕楽さんと私は、まだ話ができていないのです。一度会って、色々と訊いてみます」

「宜しくお願いします。佳乃殿が困っておられるので、見ておれなくて……その、隣人としてね」

と、若い医者は、ただでさえ赤い頬をさらに朱に染めた。

小太郎は青いが、洪庵は赤い――同じ晩熟でも、色味は様々なようだ。

「歌川偕楽と申しまする」

総髪に作務衣姿の小男が、居室の広縁に平伏した。ボソボソと口籠ったような、なんとも聞き取り難い声である。傍らにもう一人、大柄な男が付き添っていた。中村円之助——以前、一度酒を飲んだことのある歌舞伎役者だ。

「どうぞ、畳に上がって下さい」

　小太郎は二人を居室に招き入れた。

「こんな格好で失礼します」

　傷はほとんど治癒している。自分ではもう走り回れそうな気分なのだが、洪庵の許しが出ない。無理をすると稀に癒着した傷が弾けることがあるそうな。小吉に命じ、掛け布団を丸めて置かせ、それに背をもたせかけて二人の店子に対面することにした。

「小太郎様、この度は、大変な御災難でございましたねェ」

　まず歌舞伎役者が見舞いの口上を述べた。切れ長の目、整った口元——若い頃の美貌が偲ばれる秀麗な顔だ。

「なんでも、馬にお噛まれになったとか?」

「う、馬?」

　どうやら、表向きには「馬に噛まれた傷」ということになっているらしい。確かに「斬り合った挙句の刀傷」よりは穏当だ。

「ま、左様にござる……馬の機嫌がちと悪くてな」

「やはり、こう、歯形がつくのでございますか？」

「左様……歯形がつきます。馬のね」

どうせ、こういうことを言ったのは官兵衛だろう。刀傷だと言えぬ事情も分からぬではないが、なぜそこで敢えて馬なのか。犬に嚙まれたの方がまだ常識的だ。官兵衛がヘラヘラと笑う姿が浮かんで癪だったが、まずは偕楽だ。

「偕楽殿は絵師であられるとか？」

「や、ま……」

偕楽が、俯いたまま小声で呻いた。本当に聞き取り難い。

「山？」

「申しわけございません。こいつは酷い口下手でしてね」

横合いから、見かねた円之助が口を挟んだ。

「本日も、お殿様に一人で会う度胸はないから、手前に付き添いで来てくれと」

「なるほど」

ただ、佳乃を「口説いて」いるときの偕楽は、かなりの饒舌に見えた。人によって態度を変える者は、信用が置けない。

「私が馬に……噛まれた日の朝、偶然に偕楽殿をお見かけしました。お隣の佳乃殿と立ち話をされておられたが、よく喋っておられましたよね」

偕楽、押し黙ってしまった。

「小太郎様、手前の方から御説明させていただきます」

円之助が割って入った。

偕楽の口から直接聞きたかったが、円之助が喋る方が早く済みそうではある。

「こいつは元々美人画が得意でしてね。十年前までは、ちったァ知れた絵師だったのでございますよ」

「おい、円之助……」

偕楽が何事か小声で不満を伝えたようだが、円之助の口は止まらない。

「それが性悪に騙されて、女不信になっちまいやがった。一丁前に『女は怖い』かなんかぬかしやがりましてね、ハハハ」

「止めろって言ってるんだよ！」

偕楽が吼えた。

「いいじゃねェか。家主といえば親も同然、店子といえば子も同然ってな」

「親に知られたくねェこともあるさ」

「それでね……」

円之助は、迷惑顔の偕楽を無視し、小太郎に話しかけようとした。

「円之助殿、暫時待たれよ。私は偕楽殿の過去に干渉しようとは思わない。ただ佳乃殿になにを話しかけておられたのか、家主としてそこだけに興味がある」

「ですから、この話は、全部繋がってるんですよ」

「繋がってる?」

「へい」

と、円之助は話を続けた。

「女嫌いが描いた美人画なんぞ面白かろうはずもねェ。仕事は減り、家族や弟子は去り、銭と名声も消えうせた。こいつは飲んだくれの日々で、廃人寸前だァ」

「うるせェ！　手前ェだって似たようなもんじゃねェか！」

ここで遂に、偕楽が反撃に出た。無口、寡黙(かもく)を返上してまくしたてる。滑舌も悪くない。

「自慢の面に皺だの紙魚だのが増え、女の贔屓客がガクンと減った。ね、聞いて下さいよ、お殿様……」

「あ、小太郎で結構」

「では小太郎様……仕打（興行主）がこいつになんて言ったと思います？『もう、あんたの顔で、客は呼べないいんだよォ』ですってさ、人間、落ちたかないよねェ、ガハハハ」

「やめろ、このヘボ絵師！」

「本当のことじゃねェか、大根役者！」

と、偕楽が円之助の肩の辺りをポンと突っ突いた。

「あ、手ェ出しやがったなァ」

「出したらどうだってんだァ」

二人は互いの胸倉を摑んでもみ合う。

（おいおい、おいおい）

小太郎としては、もつれ合った二人が傷の上に落ちてこないか不安である。男二人分の重さが圧し掛かってきたら、折角癒着した傷がまた開きかねない。

「なんだ、やるのか？」

「おおさ、今日こそ決着をつけてやる！」

家主の心配を他所に、いよいよ激高した二人は、胸倉を掴み合ったまま畳の上に立ち上がった。

（こらこら、こらこら）

「えいやッ」

体格に勝る円之助が、力任せに偕楽の上体を捻り、同時に足をかけたから堪らない。偕楽はもんどりを打って、布団上に足を投げ出す小太郎の上に落ちてきた。

（危ないッ）

間一髪で身を捩り、かろうじて傷への直撃は避けたが、動いた瞬間には太腿に激痛が走った。

「これからだァ」

と、起き上がった偕楽が円之助の腰の辺りに頭から突っ込み、そのまま二人して襖を突き破り、隣室へと姿を消した。

「まだまだァ」

　やがて二人は、隣室から押し相撲のような格好で戻ってきた。気合一発。円之助が力任せに投げを打つ。再び小柄な偕楽が宙を舞い、小太郎の上に落ちてきた。これも捻って避けたが、また激痛が走った。もう限界だ。

「止めろ、馬鹿ァ！」

　必死の小太郎が怒声を張り上げ、二人を制した。

「私は怪我人だ。傷も完全には塞がっていない。暴れるならここから出て行け！　外でやれ！　庭でやれ！」

　これで、二人の格闘はピタリと収まった。先日、官兵衛が「殺すぞ」と怒鳴り、喧嘩が静まった状況が思い出された。この二人、喧嘩っ早い割には、恫喝には滅法弱いらしい。

　しばらく息を整えてから、話を元に戻した。

「円之助殿、偕楽殿が調子を落とされたところまで伺った。話を続けて下さい。但し、誹謗中傷、からかいは一切抜きだ」

「へ、へい」

円之助が、遠慮がちに話し始めた。

「ところが、十年振りに、こいつの絵心をくすぐる……や、鷲掴みにして揺さぶるような、いい女が現れたんでさ」

「いい女……ってのはちょっと違うな」

偕楽が、円之助の表現に注文をつけた。

「じゃ、理想の女か？」

「それでいい。それでいってくれ」

円之助に偕楽が納得して頷いた。

「その理想の女が、つまり、佳乃殿だと？」

「左様で。この偕楽は佳乃さんに、美人画を描かせてくれと、頼んでたわけなんですよ。なかなか色よい返事は貰えないらしいけど」

「なるほど」

「ですから……」

ここで偕楽が話に割って入った。

「口説いておるとか、迫っておるとか、邪な気持ちで近づいておるのでは決してございません」

と、強張（こわば）った笑顔を見せた。

「邪な気持ちでねェことは俺も認めるよ。あんた……本気なんだものなァ」

老いた歌舞伎役者がポツリと呟いた。

「おい、待ってくれ」

小太郎は慌てた。議論が錯綜し精密さを欠いている。分かり難い。

「佳乃殿は、美人画の題材として理想なのだろ？　それとも、偕楽殿にとっての理想の女子だったという意味か？」

「お恥ずかしい。この年齢（とし）になって、その二者が一つ……不可分であることにようやく気づきました。申しわけございません」

と、平伏した。

結局のところ、偕楽は自分にとっての理想の女性を描くために絵師になったということか。

「でもよォ偕楽……あの娘は、他人様の囲われ者だぜ。詮無い恋になるんじゃねェのか？」

役者が、友の身を案じてボソリと呟いた。

「ふん。詮無い恋で上等だよォ。人を好きになるのに、見返りなんぞ要る(い)もんかい！」

絵師が男気で応えた。

四

「佳乃殿を美人画に？　拙者は反対です」

晒を解き(ほど)ながら洪庵が、患者である小太郎の上で目を剝いた。

「反対って……僭越(せんえつ)ではないですか？　先生が決めることではないでしょう？」

晒を外されながら小太郎が、下から睨み返した。例によって自室の寝床の上、洪庵から午後の診察と治療を受けている。

「佳乃殿を世間の晒しものにはできません。ただでさえ、相模屋の若い衆に風呂を覗かれて困っておられるのに、火に油を注ぐようなものです」

「ふ、風呂を覗かれるのですか？　佳乃殿が？」

初耳である。

「母が相談されたらしいのです。時折、母が怒鳴りつけて不埒なゴロツキどもを追い払っております」

「なんと」

知らなかった。しかし、多くのゴロツキが屯（たむろ）する博徒の家の近所で、若い女が一人暮らし――ありがちな話だ。むしろ、よく「覗き」で済んでいる。増長を許せばとんでもないことにもなりかねない。

「それに、敷島斎殿も反対されると思います」

「ほ、堀田敷島斎殿がですか？　あの……彼と佳乃殿の美人画に、なんの関係があるのです？」

意外な人物が登場したので、小太郎は面食らった。

「や……」

洪庵は困惑の表情を浮かべた。いかにも失言を悔いている様子だ。

「一切関係はないですが……多分、反対じゃないかなァ、と」

晒を解く手を休めることなく、仏頂面となり、多分癖なのだろう、口先を尖らせながらブツブツと呟いた。

「なにか、あるのですか？　洪庵先生と敷島斎殿と佳乃殿との間に、その感情的ななにかが？」

「べ、別に」

若い医師は、茹(ゆ)で蛸(だこ)のように赤くなった。口先を尖らせるから、余計に蛸だ。

（おいおいおい。偕楽に引き続いて、この二人まで佳乃殿に惚れているということか？　ま、私も他人(ひと)のことは言えないが）

大矢家の店子連中は問題児ばかりだ。銭、博打、犬猫、覗き、政治活動に加え、横恋慕(よこれんぼ)までがからんできている。小太郎は心中で苦虫を噛みつぶしたような思いを抱いた。

それにしても、佳乃は純情清楚に振舞ってはいるが、その実とんでもない女狐(めぎつね)、魔性の女なのではあるまいか。

あまり女性を見る目に自信のない小太郎、少し怖くなってきた。

洪庵が、佳乃に好意を持っていることは、ほぼ間違いない。口ぶりからして、おそらくは敷島斎も同類であろう。自分と偕楽を勘定に入れれば、現在佳乃は四人の男の心を鷲摑みにしていることになる。しかも、彼女は時の権力者の囲われ者だ。その本多豊後守もまた佳乃にメロメロとなれば、女狐確定ではないのか——

「あ、随分よくなってますね。もう大丈夫です」

医師が、思わず笑顔を見せた。童のような微笑だ。不快だと口を尖らせ、恥ずかしいと真っ赤になり、嬉しいと屈託なく微笑む。実に分かり易い性格だ。

（結局、この人は「頭がいい子供」なのだろうな）

そう結論付けた。

「もう癒着した部分が剝がれる心配はないでしょう」

「かたじけない。先生のお蔭です」

これは本心である。洪庵とは口論にもなったが、感情が治療に影響した様子は一切見えなかった。少なくとも職業的倫理観において、彼は公正な医師であろう。

（公正な医師に一つ、無心をしておくか）

小太郎は顔を上げ、声を潜めた。

「先生、お察しの通り私の傷は刀傷です。ただ、一応は『馬に嚙まれた』ということになっている。できれば先生にも口裏を……」

洪庵が掌を見せて小太郎を制した。

「御懸念には及びません。医者は患者の病状について、他言することはありませんから」

　そう言ってまたニッコリと笑った。小太郎は思わず微笑み返した。しばらく沈黙が流れた。

（なかなか、ちゃんとした子供ではないか）

　小太郎の中で、洪庵への評価がまた少し上がった。

「で、今後はどうなるのですか？　もう動けますか？」

「まずは、抜糸しましょう」

「ばっし？」

「縫合した糸を、このままにしておくわけにもいきません。体から糸を抜きます。その作業を抜糸といいます」

「な、なるほど」

　と、小太郎は己が傷口を見つめた。五寸（約十五センチ）ほどの赤黒い百足（むかで）が、太腿を這っている。百足の脚の部分は縫い合わせた糸で、デコボコと少し肉に食い込んで見えた。あれを引っ張って抜くのだろうか。

（参ったなァ）

想像しただけで背筋が凍り、小太郎は小さく身震いした。

「随分と痛いのでしょうね？　抜糸」

「そりゃ痛いですよ。でも、そのままにしておくと、糸が肉の中で腐りますからね。ハハハ、さっさと抜きましょう」

（笑顔で軽く申すな、他人事だと思いおって……この子供大人が）

「で、いつやります？」

「そりゃ、今でしょう？」

「あ、そう」

肚を括るしかなさそうだ。

ただ、抜糸そのものは、然程に辛くなかった。チクリと一瞬だけの痛みが、十回ほど繰り返しただけ。糸の端を摘み、一気にズルズルと引っ張るのかと心配したが、そうではなくてホッとした。

翌朝は久しぶりで庭に出た。吐く息が白い。いつの間にやら、もう初冬だ。冷気が病室で倦んだ肺に染みわたる。陽当たりは悪いし、狭小な庭だが、それでも地表を覆う苔の上を歩けばフカフカと柔らかく、草履越しに命の温かさ、営みが伝わってきた。

八日前に死んだ二人は、こういう至福を味わうことはもうできない。町奉行所では一応「辻斬りの仕業」ということになっているらしい。二人とも貧乏旗本の厄介であったそうな。

（どうせ、わずかな銭を貰って、私を斬るつもりだったのだ。そんな悪行に手を貸す方が悪い。自業自得だァ）

「茂兵衛！」

闇の中、居合の使い手が、朋輩の身を案じて叫んだ声が耳を過った。銭で人殺しを請け負うような輩でも、友を思う程度の真心は残していたようだ。悪いばかりの人間なんぞ、そうそうにはいない。逆に、善良な人間も時には不善をなす。蓋し、人間とはそういうものなのだ。

「お元気そうですね」

急に背後から声がかかった。驚いて振り向けば、笑顔の堀田敷島斎であった。

（出たな、三人目の色ボケが……や、四人目かな？　五人目か？）

「もう歩けるのですか？　馬にお噛まれになったとか？」

（父上……）

官兵衛が思いつきでついたであろう下手な嘘が、今や屋敷中に大きな波紋を広げている。刀の手入れをしていて足を切ったとか、転んだ先に尖った切り株でもあって怪我をしたとか、もう少し穏当な嘘にすべきだったのだ。「馬に噛まれた」では、誰もが興味を持ってしまう。

「ええ、はい、馬です。馬に噛まれました」

ここで「実は、斬り合いになったのです」と告白すると、すぐに「浜町の辻斬り騒動」と関連付けられてしまうだろう。怒りを抑え、無理な笑顔で答えた。

「お厩にいる、あの青毛ですか？」

「まさか、暁が私を噛むはずがない。は、浜町に住む朋輩の馬に噛まれました」

浜町のある東方へ向けて心中で掌を合わせながら、友の愛馬に罪を着せた。

「ほお、お友達の……」

事ほど左様に、一つ嘘をつくと、それを糊塗するために、三つ四つと嘘を重ねる破目になる――もって銘ずべし。

「やはり、歯形がつくのでしょうね？」

（この男、嫌にほじくるな）

「ま、そりゃね。なにせ噛まれたのですから、馬に」

「いきなりガブリですか？」

「くどい！」

小太郎にしては珍しく、癇癪が起きた。ズルズルと「馬に噛まれた」云々で嘘に嘘を重ねるのが苦痛だったのだ。

「あ、これは失敬……御無礼しました」

我に返り、慌てて謝罪した。

敷島斎は、温厚そうな若い家主がいきなり声を荒らげたので、目を丸くしている。

「不快な記憶が蘇ったもので、つい癇癪が……不快な記憶とは、勿論馬に噛まれた記憶のことですが……いずれにせよ、怒鳴ったりして相済みません」

「いえ、こちらこそ不躾な問いかけを長々と」

両者、危ういところで折り合いはつけたが、やはり気まずい沈黙が流れることになった。ま、これは仕方がない。

「あ、洪庵先生から、美人画の話を伺いましたよ」

敷島斎の方が沈黙に耐え切れず、話し始めた。

「彼は熱血漢だから大層憤慨していたが、私はむしろ賛成です」

（洪庵は、熱血漢というよりも子供なのだ……や、むしろ子供だからこそ、無駄に熱いのかな？）

「あのように、好色な遊び人の囲われ者に甘んじておるよりも……」

好色な遊び人——豊後守、酷い言われようである。ただ、小太郎が傍で観察する限りでは、豊後守は今少し生真面目な男だ。佳乃に対する想いも、純情なものを感じている。正直「好色な遊び人」の印象は薄い。

「美人画であれ、なんであれ、表に出ることはいいことです。新しい風が吹き込んで世間が広がります。お妾だけが人生じゃないんだから」

「なるほど」

闊達（かったつ）な考え方に異議はなかった。子供っぽく、意固地なところのある洪庵の思想よりは好感が持てる。ただ、時の老中首座を「好色な遊び人」と形容してしまう辺りに若干の怖さを感じる。闊達に過ぎて、幕政批評やら謀反やら革命にまで暴走せねばよいが。

「美人画の件は兎も角、敷島斎先生の幕府転覆計画はどうなりました？」

「勘弁して下さいよ、人聞きの悪い」

敷島斎は小腰を屈め、キョロキョロと周囲を窺った。

「さすがに幕府転覆までは視野に入れておりませんので」

「それを伺い、安堵しました」

と、笑顔で返したものの、心の内で警戒を緩めることはなかった。なにせこの人物は謀反人の直弟子で、かつ西洋砲術を研究しているのだ。紛うことなき危険人物である。

「ね、敷島斎先生」

「はい？」

山茶花が赤い花をつけている。陽当たりの悪い庭にあっては、有難い色どりだ。

「先生は……つまり、世直しを志しておられる」

「勿論、正すべきは正さねばなりませんからね」

「当然、公儀へ注文をつける局面もあるやに思われます」

「必要とあらば躊躇は致しません」

若い学者は決然と言い放った。

「私は、貴公ほど志は高くないが、それでも幕臣として江戸城本丸御殿内で勝負がしてみたい」

「素晴らしい志ですよ。応援しています」

「あ、有難う」

この手の、真っ直ぐな人物は多少苦手である。尊敬はするし、嫌いでもないのだが、どうにも劣等感を覚えてしまう。小太郎は、人物や物事の裏面や影の部分にばかり注目しがちだ。真相に迫るためには有意義な資質だが、一方で、嫌なこと、汚いことに多く気づかされる因果な性格だとも思う。反対に敷島斎は、物事のよい面、美しい面を素直にそのまま見ようとする。汚物を見ずに暮らせる日常――なんとも羨ましい。

だが、幕政に関しては、悪い面を批評しているはずだ。幕府の良い面にばかり着目していたら、改革などには思い至らないはずだ。こんな敷島斎から批評される幕府自体が末期的なのかも知れないが。

その「末期的な幕府」に参加しようと、現在必死に奮闘中の自分が、如何にも「小さく」思えて、小太郎は萎えた。

「私、思うのですが……我々は、同じ屋敷に住まない方がよいのでは？」

「なぜ？」

敷島斎の顔から微笑が消え、身を乗り出してきた。

「進もうとする方向が違いすぎますよ。貴公が批評する幕府に、私は参加しようとしている。下手をすると仇同士だ」

「立場が違っても、我々はこうして話ができるし、理解もし得るはずです。むしろ異なる立場からの意見を知ることで、より己が思想を深化させ得るとは思われませんか？」

学者らしい理屈だ。より正確には、学者に必要な理屈だ。他説排斥は、学者たちの通弊である。

「将来幕府に仕えた私は、貴公を危険思想の持主として捕らえるかも知れない。逆に貴公の砲口は、私に向けられるのかも知れない」

「ま、その時はその時ですよ」

「能天気な」

「ハハハ、言われてしまったなァ」

敷島斎が弾かれたように笑い出した。

「よく門人や同志から言われるんです。拙者は何事にも能天気すぎるんだそうな」

つられて小太郎も噴き出した。

「ハハハ、なんとなく分かります」

旗本に、謀反人の直弟子であることを簡単に打ち明けている段階で、確かに能天気との誹りは免れまい。

「小太郎様は、つまり拙者に、この屋敷から出て行くようにと仰っておられるのでしょ？」

「遺憾ながらその通りです。我々は別々の道を歩んだ方がいい」

「仰ることも分かりますが、今しばらくお屋敷に置いていただきたいなァ」

「多少の融通は利きますが、でも、どうして？　そんなに居心地がいいですか？」

「悪くないですよ。すべて相模屋の親分さんのお蔭です」

「え？」

意外な名が出て目を剝いた。

（相模屋がいるから、ここを出たくない？「佳乃殿と離れたくないから」なんぞと戯けた理由を持ち出された方が、まだ得心がいくな）

「相模屋さんは、月に三度、賭場を開帳されるでしょ？あれがいいんですよ」

賭場には、旦那衆、博打打ち、武家、職人――と様々な人間が集う。千住の百姓が遠征してくることまであるらしい。普段武家屋敷とは縁がなさそうな人間が、大矢家の長屋門を数多潜ることになる。敷島斎の門人や同志が出入りしても、然程には目立たないで済むのだ。

「困りましたねェ」

「御提案なのですが……」

敷島斎が切り出した。

「実は、拙者は現在、同志とともに、一つ計画を練っておりまする」

「計画って……幕府転覆は無しですよ」

「違いますよ。お箱です」

八代将軍吉宗が享保六年（一七二一）に始めた目安箱の制度は、途中幾度かあった中止の危機を乗り越え、今も連綿と続いていた。住所氏名を正しく記せば、幕臣以外の誰もが自由に意見を表明できた。箱の鍵は将軍のみが持ち、将軍は居室でこっそりと読んだ。目安箱への投書が元になり実施された政策も多い。ちなみに、目安箱なる名称が付いたのは明治以降のことで、江戸期を通じて単に「箱」とか「お箱」と呼ばれていた。

「我らが理想とする幕政改革について、意見書を投函します。現在、その原案を作っておるところで、連日連夜会合を繰り返しております」

「では、その会合が済めば、出て行っていただけると考えても宜しいか？」

「そうですね。退去致します」

「如何ほどの期間を要しましょうか？」

「短くて一年」

「一年……」

随分長いとは思ったが、とりあえずは納得し引き下がった。

「悪いが、全部聞かせてもらったぜ」

官兵衛である。敷島斎と別れて広縁から部屋に戻ろうとすると、父が広縁で胡座(あぐら)をかき、腕を組んで小太郎を睨みつけた。

「なんですか行儀の悪い。下帯が丸見えですよ」

父の股間に一瞥をくれ、沓脱石(くつぬぎいし)を踏んでソッと縁側に上がった。傷は大して痛まなかった。ちなみに、官兵衛の褌(ふんどし)は明るい菫(すみれ)色である。

「いつも、そういう色の下帯を使ってらっしゃるんですか?」

さすがに正座は、傷が開きそうで怖い。床柱を背もたれにし、足を投げ出すようにして腰を下ろした。

「女が喜ぶんだよ、へへへ」

「ほお、菫色が女にもてるなら、私もそうしようかな」

「止めとけ。色物の褌で女をつるのは四十男の特権だわな」

「あ、そうですか」

と、一応は答えたが、意味がよく分からない。

父と子は、幾棟か並んだ二階屋の屋根瓦が、初冬の朝陽に照らされ光るのを、黙って眺めていた。

「あれだなァ」

　官兵衛がポツリと呟いた。

「はい？」

「結局、諸悪の根源は相模屋よ……どうしても奴らには、この屋敷から出て行ってもらわなきゃならねェなァ」

「諸悪の根源……まさにそうですね」

　小太郎の仕官は、相模屋を追い出せるか否かにかかっている。腑分けの醜聞をネタに洪庵を脅しているのは相模屋の代貸だ。彼らがいなくなれば、人の出入りも減るから、敷島斎が大矢邸に居座る動機もなくなるだろう。佳乃が若い衆に風呂を覗かれる心配もなくなろうというものだ。

「なんとか知恵を絞ろうぜ。『我らが可愛い店子たち』のためにもなァ。それが家主の職責ってもんだわ」

「まさに『大矢家の興廃、この一戦にあり』ですね」

　父と子は見交わし、莞爾（かんじ）と笑い合った。

第四章　反撃の家主

一

夕餉の後、小太郎と官兵衛は、十人いる奉公人たち全員を居室に集めた。武士である門太夫と瀬島は畳の上に、他の八人は広縁に控えた。

大矢家には、一つだけ自慢の種があった。

家禄五百石の小身ながら一円領主だということだ。下総の長屋村一村がすべて大矢家の采地である。この時代、小領主の知行地は「相給」が多かった。一村内に複数の領主が知行地を保有する支配形態だ。家禄五百石の分限なら、五ヶ村や六ヶ村に分けて、少しずつ田圃を保有するのがむしろ普通だったのである。自然、領民と領主の紐帯(ちゅうたい)は細くなる。年貢を納め、納められるだけの関係性となり「おらが殿様」「我が領民」との意識はほとんど失せていた。しかるに、一円領主である大矢家と長屋村との絆は、今でも深く、かつ強い。

　このことは、大矢家が善政を敷いたことの裏返しでもあった。苛政(かせい)などを敷いていては、紐帯どころか憎しみが生まれていただろう。大矢家は、この二百数十年の間、戦国期に生きた初代が、わずかに槍働きをした以外には、さしたる才人も出ず、大したお役にもつけなんだ。一方で、穏やかな好人物の当主が続いたことで、領地との信頼関係はとても強固になっていた。

　そんな次第にて、親代々仕えている門太夫と瀬島以外の四人の中間、二人の小者、二人の女中の全員が長屋村の出身だ。名主が厳選した人材を送ってくれるので、皆善良で働き者、かつ信用がおけた。

「よいか。父ともよくよく話し合ったのだが……今後我が家の方針は『相模屋、追い出すべし』で参る。相模屋とその子分たちは、当家の借家人として不適格、という理解でいい」

　門太夫以下、どの顔も「当然である」との印象で、小太郎はホッとした。誰もゴロッキ一家と同じ敷地に暮らしたくはないようだ。

「問題は、如何にして追い出すかだ」

「なにせ相手はゴロツキどもだ。博徒だ。易々とは出て行くめェ」

官兵衛が合いの手を入れた。

「ついては、奉公人であるお前らからも策を募りたい。なにか相模屋を追い出す妙案はないか？」

「率直に『出て行ってくれ』と相模屋に頼んでみては如何でしょう？」

家宰の門太夫が、知恵も工夫もないありきたりな意見を提案し、小太郎を落胆させた。

「それはもうやった。出て行く気は一切ないそうだ」

「出て行け！と、強く殿が一喝されては如何？」

と、瀬島が勢い込んだ。「頼む」の次は「怒鳴る」か——若党にも期待できない。

極めて凡庸な意見だ。

「な、瀬島よ……相手は喧嘩や賭け事を生業とする連中だ。若輩の私が怒鳴ったぐらいでは怯えまい」

「では殿の代わりに、お父上に怒鳴っていただいては如何？　御隠居様には、なにをしでかすか分からぬ危うさがございますので、さしもの博徒も……」

「こらァ門太夫、オイラのことを狂犬みたいに抜かすな、馬鹿ァ！」

「も、申しわけございません」

と、家宰が慌てて平伏した。

「お前たちも遠慮なく、存念があれば申してみよ」

　小太郎は、広縁に控える奉公人たちに声をかけた。善良さと忠誠心だけが取り柄の門太夫と瀬島より、長屋村の庄屋が厳選した中間以下の方が、率直に言って出来がいい。期待できる。

「我ら奉公人たちは、出入りの商人、近所の奉公人仲間との交流もございます」

　一同を代表して、「押さえの中間」を務める喜衛門が意見を述べた。

「須田町や春日町に買物に出向けば、店主と言葉も交わします。その折に、当家が、御番所と火盗改から『目を付けられている』と吹聴して回るのは如何？」

　喜衛門が言葉を続けた。

「相模屋が月に三度開帳している賭場が盛況に過ぎて目に余り、役所が眉を顰めていると。いずれは手入れが入るだろうと」

「そう言いふらすわけか！　ハハハ、こりゃ、客足が遠退くぞォ」

官兵衛が身を乗り出した。確かに、誰もお上から目を付けられた賭場に通おうとは思わないだろう。

「相模屋の賭場には閑古鳥(かんこどり)が鳴き、野郎はこの屋敷に居座る意味がなくなる。しまいにゃ、出て行くだろうよ」

「それも、平和裏に」

門太夫が合いの手を入れた。

「しかし、いささか外聞が悪うございますなァ」

瀬島が不安げに呟いた。

「外聞を恐れて、立小便ができるかってんだよォ」

得意の理屈で官兵衛が反対論を封じにかかる。

「客が寄り付かなくなりゃ、博徒一家は大人しく出て行ってくれるさ。願ってもねェ展開だァ。言わばこれは、兵糧攻めだわな、ガハハハ」

官兵衛が、さも嬉しそうに笑った。

「どうだ小太郎、この手でいこうじゃねェか？」

すっかり乗り気だ。

「なるほど。ただ、ま、瀬島の不安もよく分かる。たとえ相模屋は追い出せても、後々当家に災いが及べば元も子もない」

と、若い主人が自分に同調したので、若党は嬉しそうに頷いた。小太郎としては、書院番士になれるか否かの瀬戸際である。慎重にならざるを得ない。

「お上から睨まれた家となれば、なんぞ悪事を致しておるに相違ない……なぞと、話に尾鰭がついて広がることを恐れまする。私の出仕話にも関わってくるのかな、と心配です。少なくとも、わざわざ家の者が吹聴して回るのは如何なものでございましょうか。危険すぎる」

「左様。殿の出仕をまず第一に考えませんといけませぬな」

用人も主人と若党の意見に同調した。発案者の喜衛門が残念そうに肩を落とした。

（喜衛門、済まないな……後で、なんぞ埋め合わせをするよ）

「じゃ、どうする？」

官兵衛が小太郎を見た。

「そうですねェ……」

（まずは、父上の八百両を返金するのが先決だろうなァ）

　小太郎は腕組みをして考えた。

　八百両（約四千八百万円）さえなくなれば、相模屋を追い出すのは容易なことだ。駱の源治辺りが「洪庵と敷島斎の秘密をばらす」と凄むだろうが、その時は、いっそ両先生にも退去してもらえばいい。酒癖は悪いが、大きな問題を抱えていない役者と絵師、佳乃の三軒だけを残し、空いた三軒には、今度こそ小太郎が吟味して、品行方正な借家人を入居させるとしよう。

　問題は八百両の捻出方法だろう。結局は銭だ。

（八百両は大金だ。そうなると、方法は三つの内のどれか、ということになろうが……どれも、あまり気が進まないなァ）

　小太郎には腹案が三つあった。そのどれもが、己が身を削る策だが、背に腹は代えられない。

「父上、私に幾つか思案がございます」

「ほう、どんな？」

「それは、ま、後ほど」

と、父に目配せし、奉公人たちに礼を言って散会させた。結局、自分の尻は自分で拭くしかないのだ。

二

初冬の朝——晴天ではあるが、冷え込んだ空気に馬の息が白い。

知行五百石の直参旗本として恥ずかしくない——というより、現状では精一杯の供揃えだった。

露払いとして先頭を若党の瀬島が歩き、暁に乗った小太郎が続く。轡取りと草履取りに、槍持ちと鋏箱(はさみばこ)持ちが主人に従った。その後方には、隣家から借りた栗毛の牝馬(ひんば)に跨(また)がった父が続き、その父にも轡取りと草履取りが付いた。主筋が二人に、奉公人が七人——計九名の大層な行列だ。屋敷に残してきたのは門太夫と女中が二人きり。大矢家総力を挙げての蔵前行きと相なった次第である。

威風堂々と浅草(あさくさ)御門を潜り、神田川を渡って茅町(かやちょう)へと入った。その蔵前はもう目の前だ。

「なあ小太郎、暁をなんとかしろや」

後方から官兵衛が、うんざりして声を荒らげた。

雌馬（めすうま）に興味津々の暁、三歩歩く毎に振り返って後方を見ようとする。

「牝馬なんぞ借りてこられた父上がお悪い。こら暁！　ふらふら致すな！」

この時代の本邦には、去勢という思想も技術もない。牡馬（ぼば）は年がら年中、牝馬を見れば興奮した。戦国期などは、牝馬を戦場に持ち込まないことが、武家の心得とされたほどだ。中には、牝馬の群れを敵陣に放つことで、牡馬揃いの敵騎馬隊を混乱させ、勝利を収めた智将（淡河弾正（おうごだんじょう））すらいた。

さてさて——山吹屋銀蔵（ぎんぞう）は、蔵前の札差である。

その身代は、五十万両（約三百億円）とも、百万両（約六百億円）とも噂される大金持ちだ。天保期の幕府の歳入が、年に百五十万両（約九百億円）ほどであったから、山吹屋が如何に富豪であったかが知れよう。

ちなみに、百五十万両の内訳であるが——天領から上がる年貢が六十万両（約三百六十億円）と貨幣改鋳益の四十万両（約二百四十億円）を主要な歳入源としていた。また、歳出もほぼ同額で、過半は人件費と事務費と大奥経費である。現代と比べて、予算の丸の数が二つほど少ない印象だが、なにせ強権的な封建体制下である。社会保障費はほぼ無く、都市整備費は受益者負担。治山治水や国防費などは諸大名に丸投げし、負担させた。安くつく道理である。

閑話休題（かんわきゅうだい）——本日は、まず第一の選択肢として銀蔵に八百両（約四千八百万円）を借りに行く。当然頭を下げるし、妙な縁談を押し付けられるのも覚悟の上だ。天下の直参旗本も銭の力の前では形無しである。従者七名の陣容は、武家としての精一杯の見栄に他ならなかった。

「これはこれは大矢のお殿様、甲府からお戻りになったと伺い、早速御挨拶に駆けつけねばと思いつつも、ついつい忙しさに紛れ……アッアッアッアッ」

と、山吹屋銀蔵から慇懃な挨拶を受けた。

（なにが、アッアッアッアッだ？）

小太郎は、この妙な笑い方をする蟇蛙（ひきがえる）のような風貌の商人を、童の頃からよく知っていた。父とは気が合うらしく、互いの屋敷を行き来する仲であった。官兵衛は度々、銀蔵を「朋輩」と呼んだが、直感の鋭い小太郎の目からは、それは父の片想いに過ぎず、山吹屋の方では、父のことを友とは思っていないように見えた。

父はよく、数年先の年貢米を担保に借財を申し込んだが、山吹屋がそれを断ったことは一度もない。代わりに、父が留守のときに限って屋敷を訪れ、母に高価な織物や珍しい舶来の菓子などを贈るのだ。

そんなとき、小太郎は母の傍を決して離れなかった。もしこの妙な笑い方をする蟇蛙が、母の体を好色な目で眺めることに飽き足らず、少しでも不躾な態度をとるようなら、絶対に許さない。子供ながらに飛び掛かり、その赤黒く腫れぼったい耳介を、本気で食い千切ってやるつもりだったのだ。ちなみに、後日、本物の蟇蛙には耳介がないことを知り、妙に可笑しかったことを、今もよく覚えている。

「小太郎様には、最低でも布衣、あわよくば諸大夫にまで進んでいただかねばなりませんな。そのためでしたらこの山吹屋銀蔵、御支援は惜しみませんぞ」

「かたじけのうございます。宜しくお願い致します」

丁寧に頭を垂れたが、内心では――

（不思議な男だ。武家を軽蔑し、嫌っておるくせに、こうして人一倍武士と関わろうとする。銭は掃いて捨てるほど持っているのだから、超然としておればよいもの

を。因果なことよ）

なぞと考えていた。

ちなみに、布衣は武家官位の六位相当。諸大夫は五位の役職である。前者には目付、先手頭、徒頭などが、後者には、大目付、町奉行、勘定奉行などがある。有名な火盗改の長谷川平蔵は布衣。町奉行として名高い大岡越前や遠山金四郎は諸大夫に列した。

「な、銀蔵、なんにも言わずに八百両、ポンと貸してくんな」

いきなり官兵衛が本題に入った。隣で父が平伏したので、仕方なく小太郎もこれに倣った。八百両あれば、相模屋に金を返せる。博徒どもを屋敷から追い出せる。小太郎は御書院番士として江戸城本丸御殿に出仕し、洪庵も、敷島斎も、佳乃も、誰もが幸せになれるのだ。

「八百両にございまするか……大金ですな。ま、官兵衛様と手前との仲、八百両が八千両でも御用立ては致しまするが、ただ……」

「ただ？」

官兵衛が面を上げ、媚び諂うような笑顔を見せた。

（父上のこういうところは苦手だなァ。銭が絡むと矜持も糞もなくなる）

「件の御約定、よもやお忘れではございませんでしょうな？」

「どの約定だい？　ハハハ、色々お前ェとは約束してるからよォ」

「貸家六軒をお建てになった折、六百両を御融通した際のお約束にございまする」

官兵衛の愛想笑いに対して、山吹屋は笑顔を見せずに答えた。

「お、あれね」

ここで官兵衛は、倅を促すように見た。小太郎は黙って頷いた。

「……武士に二言はねェ」

「では、手前どもの娘於金を、大矢家の嫁として貰っていただけるのですね」

「ああ」

「正妻として」

「勿論だァ」

「小太郎様も御同意で？」

「はい。父がした約定ですので、私も従います」

「それは結構、アッアッアッアッ……おい、誰ぞある？」

相好を崩した山吹屋が上機嫌で手を叩き、屋敷の奥へと声をかけた。

（ま、夫婦などというものは、好いた惚れたとはまた別儀らしいからな）

広大な庭園を見晴らす長い広縁を、父に続いて歩きながら、小太郎はこれから会うことになる女のことを考えていた。

（おかね……身も蓋もない名だなァ）

山吹屋銀蔵の娘が「おかね」——確かに露骨な命名だ。

将来の妻とは、屋敷の奥の客間で対面することになっているそうな。先年亡くなった山吹屋の正妻には子が無かった。於金は妾の子であり、奥様の生前は本宅への出入りを禁じられていたのだ。だから、官兵衛も小太郎も初対面な道理である。

金持ちの娘を嫁に貰えば、上役に進物や賂を贈ることもできる。決して悪い話ではない。銭の無い小太郎は、甲府で賂を渡せず、上役から盛大に嫌われたものだ。

（あんな不条理な思いをするのは、もう懲り懲りだ。蔵前の札差の娘を妻にするのが、私の運命だった……そう思うことにしよう）

諦観、との言葉が脳裏をかすめたその刹那だった——

「あれ、千様じゃない？」

「よお、於染坊、こんなとこでなにしてんだよォ?」

小太郎の足がピタリと止まった。淡い菫色の豪奢な振袖を着た若い娘だ。小柄だが愛嬌のある丸顔——かなりの美人といえる。花に喩えれば牡丹の花。可憐で清楚な水仙を思わせる佳乃とは対極の美だ。太い柱の陰に隠れるようにして、前を歩いていた官兵衛と親しげに話している。

「だってここ、私ン家だもの」

「ひょっとして……まさかお前ェの本名は、於染じゃなくて、於金かい? へへへ、おっちゃんのこと騙してたなァ?」

「なによ、あんただって、本当は千之助じゃなくて小太郎だったんでしょ?」

「や、小太郎は、あっちだよ。オイラ、官兵衛」

と、父が倅を指さした。誰が誰だか、複雑すぎてよく分からない。

「か、官兵衛? 変な名前、キャキャキャキャ」

と、哄笑しながら、娘は小太郎を見た。その視線が髷の先から爪先までを瞬時に二度半往復した。ふた呼吸ほどあって、あからさまな失望の色がその艶やかな顔に浮かび、於金は深い嘆息を漏らした後、目を伏せた。

（な、なんたる不躾……ひょっとして、痴れ者なのか？　馬鹿なのか？）

この非常識さはなんだ。度々父が話題にしていた商家の尻軽とは、この娘に相違ない。芝居小屋で中年の武家から声をかけられて「ホイホイついて来る」ような女だ。我儘放題に育てられたお大尽の阿婆擦娘といったところか。

（ま、ここは辛抱だ。夫婦は好いた惚れたじゃないのだからな）

小太郎は、怒りを抑え、表情を殺し、その場で慇懃に会釈した。

「初めまして、大矢小太郎にござ……」

「お嫁に行くなら私、こっちの男の方がいい」

と、阿婆擦が官兵衛に一歩近づき、その腕に腕を絡めた。

三

「別によォ、オイラの所為じゃねェだろ？　文句なら於金ちゃんに言っとくれ」

父が牝馬の鞍上で言い訳した。

「あんな屈辱は生まれて初めてです。なんですか、あの阿婆擦は！」

暁を牝馬に並走させながら、小太郎が言い返した。

江戸御府内では、たとえ旗本といえども、馬を走らせることは御法度だ。しかし、乗り手の怒りが馬にも伝わり、知らず知らずのうちに足が速まってしまうのだろう。今はまだいいが、これ以上はいけない。

「どうどう、暁、落ち着け」

小太郎は暁の手綱を引いた。奉公人たちは、遥か後方に遅れている。

「於金ちゃんにだって、好き嫌いはあらァな」

「夫婦とか縁組とかは、好き嫌いとは別儀でしょう」

「分かったようなことを抜かすない！」

遊び人の父が、少し癇癪を起こした。

「そういう杓子定規なところが、若い女を遠ざけるんだ。あの於金ちゃんに一発で嫌われやがって、恥を知れ。珍しいんだぞ、情けねェ。真面目一方で退屈な男だって、あらかた見抜かれたんだ。お前ェを相手にするのは、水月のお松みてェな婆ァばかりだろ？」

「……な」

悔しいけれど、本当なので言い返せない。確かに、今まで若い美人に好意を持たれた記憶は一度もない。そもそも、初めての女からして相当な年配者だった。甲府の飯盛り女だ。年齢は三十二だと言っていたが、あれはどう見ても五十過ぎだろう。

「こら暁！　気を散じるな、前を向け！」

暁は並走する牝馬を見てばかりいる。どいつもこいつも色ボケだ。首でも縊って死んでしまえ。

「そんなことより、どうするんです？　山吹屋は激怒してましたよ」

於金が小太郎との縁組を拒絶したことで、山吹屋は「話が違う」と怒り出し、八百両の融資を拒絶したばかりか、約定破りを理由に、六百両の即時返却を求めてきたのである。締めて千四百両（約八千四百万円）――首を縊るのは小太郎の方だ。

「やっぱ、変だろ？」

官兵衛も頷いて同調した。

「於金ちゃんが、勝手にお前ェを袖にしただけで、別にオイラたちが約定を破ったわけじゃねェよ。馬鹿親の山吹屋は、手前ェの娘の心得違いを咎める根性がねェもんだから、オイラたちに八つ当たりしてんだわ」

ま、それはその通りなのだろうが、この場合、道理よりも銭を持っている方が強い。そして、妾の娘として、正妻が死ぬまで本宅に近づくことさえ許されなかった於金に対して、山吹屋は大きな負い目を感じているようだ。

「ね、父上……約定では『於金殿を正式に大矢家の嫁に迎える』とされていたんですよね？」

「おうよ。ちゃんと証文も残ってるぜェ」

「私の……つまり『小太郎の妻に迎える』と約束したわけじゃないんでしょ？」

「ないね。大矢家の嫁と書いただけだァ」

「ならいっそ、あの娘、父上が貰われたら如何です？」

「なんで俺が？」

「父上は現在独り身だし、父上の妻なら、間違いなく大矢家の正式な嫁でしょ。約定違反にはならないはずです」

「でもよ。山吹屋としては『娘を、将来ある旗本家当主の正妻に』と考えていたはずだぜ。それが『旗本家隠居の後妻じゃ、二重の意味で格落ちだ』と臍を曲げるに決まってらァ」

「曲げますかね？」

「曲げるさ」

「後妻でも本妻ですよ」

「むしろ隠居が問題よォ。隠居に将来はねェからな」

そう言って、深々と嘆息を漏らした。そして続けた。

「大体、オイラが於金ちゃんの亭主ってのは無理がねェか？」

「お嫌いですか？　あの手の女性(にょしょう)」

「や、前にも言った通り、ああいうムッチリとした肉置きの豊かな女は、むしろ好みだわ、へへへへへ」

「そ、それは幸甚(こうじん)……」

こんな助平爺(じじい)が、本当に自分の親だろうかと辟易しながらも、話を続けた。

「向こうはその気なのですから、どうぞ妻に迎えて下さい」

「オイラもう四十三だしな」

「於金殿は、確か十九とか……」

しばらく沈黙が流れた。馬の足音だけがポクポクと、夕闇迫る駿河台の武家町に響いている。

「二十一違いねェ……」

――いやいや、二十四歳違いである。

「ま、ねェこともねェが……でも、やっぱできねェわ。オイラには無理だァ」

しばらく黙って鞍上に揺られていた官兵衛だが、やがて馬の歩みを止め、きっぱりと宣言した。

「なぜ?」

小太郎も暁を止めて応じた。

「女房一人に縛られたくねェ。オイラ、男としていつも気儘(きまま)にいてェんだ」

「それは我儘と言うものです!」

さすがに声が大きくなった。小太郎は官兵衛の我儘の所為で、大事な青春の五年間を甲府勤番士として無為に過ごした。今回、相模屋を追い出せるか否かには、小太郎の未来が、人生がかかっているのだ。少なくとも父には、協力する義務と責任があると思った。

「八百両の新規融資は無理にしても、『六百両をすぐに返せ』と言われるのは困ります。もしそう言ってきたら約定通り、形だけでも於金殿に求婚して下さい」

「どうせ『隠居じゃ駄目だ』って言われるよ」

「こちらは求婚しているんだから、断るか否かは先方の問題です。たとえ破談となっても、我らが約定を破ったことにはなりません。六百両をすぐに返す道理はないはずだ。但し、もしも山吹屋が受け入れたら、於金殿ときっちり祝言を挙げていただきますからね」

「だから、手前ェはくどいんだよォ！」

「な、なんと！」

「父親がヤダって言ってんだよォ！　この親不孝がァ！　オイラは独り身がいいんだよォ！」

互いに激高し、つい喧嘩口調になっている。

「ヤダも糞もございません！」

馬上で声を荒らげた。

「私は父上のために、あの糞みたいな甲府で五年間辛抱したのです。、貴方も私のために我慢して下さい！　そうする義務が貴方にはあるはずだ！」

「そ、そんな……」

偶さか、心の泣き所を突いたらしい。官兵衛は急に大人しくなった。

「こ、甲府の話を持ち出すのは、ひ、卑怯だよ」

「無礼な物言いは御勘弁下さい。謝罪します。でも『六百両を即刻返せ』と言ってきたら、あの阿婆擦に求婚していただきます。ここだけは譲れません！　いいですね？」

「わ、分かった」

「それでよろしい」

ホッとして見回せば、七人の奉公人に加え、十数名の野次馬に取り囲まれていた。誰もが武家の親子喧嘩を楽しそうに見物している。嗚呼（ああ）、恥ずかしい。どれほどの時間、言い争っていたのか想像もつかない。

四

その後、山吹屋から音沙汰はなかった。

愛娘が、嫁に遣ろうと考えていた家の隠居と「できていた」という衝撃の事実に、山吹屋は打ちのめされ、寝込んでしまったらしい。これでは、八百両の新規融資の話など雲散霧消である。

——となると次の一手だ。

第二の手段を講じねばなるまい。いよいよ小太郎は気が重かった。

「ば、博打で勝負するだと？　おい小太郎、正気か？」

支那火鉢で角餅を焼いていた父が、顔色を変えた。

「丁半博打なら五分五分の勝算がございます。三つ目の最後の手段は、やはりどうしても暴力的な策とならざるを得ません。その前に一度、運試しを挟んでみてもいいのかな？　と考えました。これでもし勝てれば、危険な第三の策をとらずに済みますからね」

小太郎は、第二の策として、官兵衛と相模屋が賽子賭博で一騎打ちをする解決策を提案した。もしも官兵衛が勝てば、八百両の借金はチャラ。相模屋は十日の内に借家から出て行く。もし相模屋が勝てば、大矢家は「今の貸家が立っている限り、借料無しで相模屋に使わせる」との証文を与える——どちらが勝っても恨みっこなしだ。

「甘いな。甘いよ」

こんがりと美味そうに焼けた餅を、醬油に浸しながら、官兵衛は表情を曇らせた。

焼けた餅を、炙（あぶ）った板海苔（いたのり）に挟んで食うのが父の流儀である。子供の頃はよく、ねだって一口わけてもらったものだ。

「お前ェは賭博とか、博徒というものを知らねェ。丁半賭博の勝敗が五分五分なんてことがあるもんか。大概、博徒側が思う通りの目が出るもんなんだよォ」

「八百長ということですか？」

「そういうこと……でも、奴らは玄人（くろうと）だ。決して尻尾は出さねェよ」

父は、熱々の餅をハフハフと頰張った。焦げた餅の香りと、海苔の風味が小太郎にも伝わり、腹と喉が鳴った。

「素朴な疑問なのですが……それを分かっておられて、どうして父上は博打を打たれるのですか？」

「そ、それはね……」

　根源的な問いかけである。官兵衛がシドロモドロになったのは、頬張った餅が熱かった所為ばかりではあるまい。

「や、率直に申しまして、もう頼りは第三の策しかないのが実情なのです」

「つまり、相模屋を斬るってこったな？」

「そうは申しません。無理でしょう。相模屋一人なら兎も角、源治以下、子分も十数名いる。手に余りますよ」

　仮に大矢家の総力を挙げ、相模屋一家を皆殺しにしても、軀の始末に困る。十数名を無礼打ちでは、目付も奉行所も黙っていないだろう。小太郎の出仕はなくなる。下手をすれば大矢家は改易だ。元も子もない。

「軀は全部、洪庵の奴にくれてやる。野郎、大喜びで腑分けしやがるぜ」

「ほ、本気で仰ってるのですか？」

　小太郎が、怖い顔で父を睨んだ。

「や、冗談だ……」

　気まずい沈黙が流れた。

「相模屋を殺さねェなら、どうすんだ？　お前ェの第三の策ってのはなんだ？」

「相模屋に貸している家を……」

生真面目な息子が声を潜め、父の耳元に囁いた。

「壊すか、燃やすかします」

「え！」

官兵衛は頬張った餅を一気に飲み下した。借りていた家がなくなれば、相模屋も出て行くしかあるまい。そこは分かるが、さすがの官兵衛も「過激だ」「やりすぎだ」と感じたようだ。

「あの家、建てるのに百両（約六百万円）もかかったんだぜェ」

官兵衛が惜しそうに呟いた。

「だから最後の手段です。百両の損切をするのは辛いから、その前に一度賽子で運試し、と考えたわけです。駄目元ですよ。負けたら、どうせ家は壊すか燃やすかするんだから。どんな証文を与えても問題ないわけです」

「な、なるほどね」

「それにね……我らには、一つ強味があるのですよ」

と、小太郎が父の耳元で何事かをボソボソと囁いた。官兵衛の表情が引き攣り、思わず倅を睨みつけた。

「な、なんだと？」

「や、実はそうなんですよ……面目ありません」

小太郎は、己が首筋を二度叩いた。

「ほ、本当のことか？　冗談じゃねェのかい？」

「はい。母上の墓にかけて、嘘偽りは申しておりません」

官兵衛と小太郎はしばらく、睨み合った。

「分かった。前向きに考えよう。むしろ、そいつは確かにオイラたちの強味だわ」

官兵衛が薄ら笑いを浮かべ、前歯に付いた海苔を指で扱いた。

「賽子勝負？」

肥満した腹を波打たせながら、相模屋藤六が仰け反った。

「そうだよ。オイラとお前ェの一騎打ちだァ。勝った方の総取りだァ」

「総取り……とは如何なる？」

不安になったのか、相模屋は背後に控える貉の源治を、チラチラと窺い始めた。相も変わらず、相模屋の知恵袋と言うか、実権を握っているのは、代貸である源治のようだ。

「オイラが勝てば、借金はチャラ。お前ェらはこの屋敷から出て行く。お前ェが勝てば、オイラは未来永劫、店賃は取らねェし、屋敷から出て行けとも言わねェ。お前ェが住んでるあの家は使い放題だァ」

「一筆認めていただけますか？」

「いいよ」

「御当主のお殿様も連名で？」

「うん、私も署名する」

床柱を背に端座する小太郎が頷くと、相模屋は「ちょいと失礼」と後ろを向き、源治となにやらコソコソと相談し始めた。

「御隠居様に申し上げます」

「おう、手短にな」

と、官兵衛は扇子を広げ、鷹揚に扇ぎ始めた。

「折角のお申し出ではございますが……手前どもは、今のままで十分に満足致しております。今後も店賃はちゃんとお支払い致しますし、なにも賽子賭博なんて危ない橋を渡ることもないのかな、と感じました」

「勝負を受けねェってことかい？」

「へえ。お互いに、今のまんまでいいんじゃねェですかい？」

「や、オイラたちは今のまんまじゃ困るんだよ」

「それは、そちら様の御都合で」

「ほう……となると、オイラたちも動かざるを得ねェぞ」

扇子をパチンと畳んで、先端で藤六を指した。

「奉公人たちを通じて、出入りの商人、行商人、植木屋、御近所の奉公人衆……あらゆる伝手を通じて『大矢屋敷の賭場が御番所と火盗改に睨まれとる』『いずれ踏み込まれる』と吹聴して回らせるが、どうだ？」

「どうだも糞も、こ、困りますよ！」

「ま、実際に踏み込まれるかどうかは別にしてさ。京橋（きょうばし）や日本橋の旦那衆は寄り付かなくなるだろうなァ。とばっちりを恐れてな。上客が離れるぞ。賭場に閑古鳥が鳴くんだろうなァ。商売あがったりだァ」

「き、汚ねェ」

「馬鹿野郎ッ。なにが汚ねェだ、手前ェの面には負けるわ」

「大体、そんな真似したら……」

貸元の背後から、代貸の源治が身を乗り出し、憎々しげに吼えた。

「御当家のお名前にも、傷がつくんじゃありませんかね？」

「どうせ、お前ェらがいる限り、倅の出仕はねェからよ。家名の傷とかどうでもいいんだわ。眼障りな手前ェら追い出してから、後のこたァゆっくり考えるさ」

長い沈黙が流れた。貸元と代貸が、小声で短く言葉を交わした。

「……本当に、賽子の勝負でいいんですかい？　これでも俺らは本職ですぜ？」

「壺振りは、中立のところから呼べよ」

「ああ、そこはちゃんと致します」

「なら文句ねェ、一発勝負だ」

と、扇子で膝をポンと叩いた。

五

賽子勝負の舞台となる賭場は、相模屋が住む借家の一階であった。

八畳間と六畳間を、襖を外して一繋ぎとした細長い空間だ。清拭された部屋の隅々に百目蠟燭が立てられ、室内を煌々と照らしている。昼間のように明るい。ちなみに、百目蠟燭は百匁蠟燭を意味する。百匁（約三百七十五グラム）もの重さがある太い蠟燭だ。

幅二尺（約六十センチ）、長さ六尺（約百八十センチ）ばかりの白布が敷かれていた。これが盆茣蓙と呼ばれるものだろう。盆茣蓙の中央部は少し高くなっており、壺状の笊が一つ、ポツネンと伏せられていた。紋付羽織に袴姿の町人が二人、盆茣蓙の前に神妙な面持ちで端座している。相模屋が依頼した中盆（進行役兼審判員）と壺振りだ。相模屋一家の三下十名も控えている。

他の借家人たちも勢ぞろいしていた。

絵師の歌川偕楽、役者の中村円之助、医師の長谷川洪庵、学者の堀田敷島斎、さらには佳乃の姿までがある。彼女に関しては、偕楽と洪庵が説得し、強引に連れ出したらしく、明らかな迷惑顔をしていた。彼らは立会人との名目だが、その実は見物人または野次馬であろう。

「偉いことになりましたね」

「や、我らは高みの見物ですよ、どちらが勝っても恨みっこなしだそうだから」

「そりゃ、ようございますね。ワクワクしますな」

家主と博徒の賽子勝負を見学し、楽しもうと集った借家人たちだが、決して一枚岩ではなかった。

相模屋に実害を受けている洪庵と佳乃は官兵衛が勝って相模屋が出ていくことを願っていたし、敷島斎は相模屋が勝ち、屋敷への人の出入りが多いままの方が好都合だ。偕楽は中立だが、佳乃を「理想の女性」と崇拝する彼は、彼女の家が相模屋の若い衆に覗かれると聞いて憤慨、どちらかと言えば官兵衛を応援していた。円之助は——いずれが勝つにせよ、勝負を肴に酒が飲めればそれでいいらしい。現に、今宵も徳利を持参していた。もう季節は冬だというのに、燗もつけず、冷酒を茶碗で飲んでいる。

やがて、熨斗目に裃姿の大矢父子と、紋付羽織に袴姿の相模屋藤六と貉の源治が姿を現し、双方対面するかたちで着座した。

「御両所様に伺います。勝負を始めて、宜しゅうございますか？」

「どうぞ」

「然るべく」

中盆の問いかけに、藤六と官兵衛が答えた。

「それでは双方様、証文を示しておくんなさい」

中盆は、三十半ばの苦み走ったいい男である。元結(もとゆい)の位置はあくまでも高く、細い髷を、広々と剃り上げた月代にチョコンと垂らしていた。伊達(だて)だ。賭場の華は壺振りで、ときには鉄火肌の姐さんが壺を振ったりもするが、中盆も、それなりに見栄えのする男が選ばれた。

官兵衛と藤六が、それぞれ署名押印した証文を手渡すと、中盆がそれを低い声で読み上げた。藤六が負ければ、八百両の借財は帳消し。借家を払って屋敷を出る。官兵衛が負けた場合は、藤六は半永久的に、しかも只で、大矢屋敷に居続けることができる。賭場を開こうが、なにをしようがお構いなし——そんな内容が認められていた。

「次に、勝負の手順を御説明させていただきます」

　壺振りが、壺に二個の賽子を入れ、盆茣蓙の上に伏せる。片方が半か丁を予想し、今一方は自動的にその逆目となる。壺を開いて、勝敗を決する。それを幾度か繰り返し、交代で予想し、三連勝した方が最終的な勝者となる。ちなみに、「半」は賽の目の合計が奇数。「丁」は偶数の場合を指す。

「よござんすか?」

「よござんす」

「待ってくれ。一つ不満がある」

　官兵衛が異を唱えたので、中盆と相模屋が顔を見合わせた。

「そもそも、相模屋の知り合いが壺を振るってのは、どういう了見だい?」

　言われた若い壺振りが嫌な顔をした。

「知り合いって……他所の一家からお呼びした壺振りさんですよ。中立です」

「そう中立……さらに……」

　わざわざ小指の無い左手で、月代の辺りを掻きながら源治が呟いた。

「御隠居様は昼間、『文句はねェ』と仰いましたよね？」

「確かに言ったが、こうして本番になると、色々と迷いが生じる。なにせ素人だからよォ。大体、他所の一家と言うが、相模屋の博徒仲間には相違ねェだろ。オイラから見れば中立じゃねェわ。オイラの知り合いに南町の吟味与力がいるが、そいつが壺振るって言ったら、お前ェらいいのか？」

「与力は駄目だよォ」

円之助が囃し立て、見物人たちがドッと笑った。

「手前が、八百長でも仕込んでるってんですかい？　御冗談でしょう。こう言っちゃなんだが、素人相手に八百長なんぞ要りません、ハハハ」

と、相模屋が冷笑した。

「そこまでゆとりかますなら、オイラの倅に壺を振らせるってのはどうだ？」

「父上……私にはできませんよ」

小太郎が天井を仰いだ。

「いいんだよ。できねェぐれェが丁度いい。素人の方が妙な細工ができなくていい。双方が安心だァ」

「や、小太郎様は、アンタの倅だろ。壺振りが大矢家の人間ってのは、それこそ不公平だぜ」

源治が声を荒らげた。

「源治よ。お前ェも知っての通り、小太郎は堅物の朴念仁だぜェ。壺の振り方は勿論、賽の目の呼び方も知らねェド素人よ。つまり、八百長をやろうにもできねェってわけさ。こいつが振る壺なら、オイラもお前ェらも安心てことになるんじゃねェのかい？」

「ようがす。分かった、それでいい」

まだ不審顔の源治を制して藤六が承諾した。

「源治、心配ねェよ。素人が八百長しようとしても、俺ら玄人の目は欺(あざむ)けねェさ」

「だ、大丈夫ですかい？」

結局、壺振りは小太郎に替わった。中盆がやり方を小太郎に教えてくれた。

「なるほど……この壺に賽子を二個入れて、盆茣蓙上に伏せて置けばよいのだな？

ま、一度試しにやってみるよ」

ぎこちない挙動で、新米壺振りが、賽子二個を壺に放り込んだ。「えいッ」と気合もろともに壺を伏せたが——賽子一個が壺から無様に転がり出てしまった。

「意外に難しいものだな」

「どうぞ、やり直しておくんない」

苛つきを抑えて、中盆が低い声で促した。

「ま、うちの倅はガキの頃から本の虫でな。丁半博打はおろか、双六でさえ興味を示さねェ。賽子なんぞ扱ったのは生まれて初めてかも知れねェ。不体裁なところは勘弁してくんな」

と、官兵衛が店子たちに向かい、小太郎の不器用を詫びた。偕楽や佳乃が頷いて好意的な笑顔を返した。

「つまり、アンタとは大違いってことかい、へへへ」

「こら、源治」

官兵衛がドンと膝を立てて一歩前に踏み出し、源治の胸倉を摑んで顔を寄せた。

「これで二度目だァ。今度オイラのこと『アンタ』と呼び捨てにしやがったら、手前ェ只じゃ済まさねェから覚えとけ」

「へい。済みません」

ゴロツキが不貞腐(ふてくさ)れた様子で頷いた。

中盆は、小太郎に幾度か壺を振らせた。賽子の出る目に「かたより」はないか、確かめる意味合いがあるそうな。

「御隠居様、相模屋のお貸元、そろそろ宜しいでしょうか？」

中盆が質した。

「然るべく」

「やっておくんない」

「では……はい、壺」

「はい、壺をかぶります」

口上を知らない小太郎に代わって、壺振りの若者が口上を芝居がかって唱えた。

一気に場が引き締まる。

「どっちもどっちも。どっちもどっちも」

まずは、官兵衛が丁半を予想する番だ。

「これは……丁だな。や、半かな？　やっぱり丁だァ」

「御隠居様……勘弁して下せェよ」

貉の源治が焦れて官兵衛を詰った。

「うるせえな……ちょっと迷っただけじゃねェか。丁だよ。丁」

「では、御隠居様が丁、相模屋さんが半ということで、宜しゅうございますか？」

中盆が引き継いだ。

「武士に二言はねェ」

「アッシも文句はねェよ」

「では、丁半コマ揃いましたァ。勝負！」

部屋中の目が壺に集中する。緊張が高まる。静寂の中で、誰かがゴクリと唾を飲み下した。

壺振りの若者に促され、小太郎が壺を開く。賽の目は――二と二だ。

「ニゾロの丁！」

中盆が官兵衛の勝ちを宣言した。

「ほ〜〜う」

賭場の空気が一気に弛緩する。緊張と弛緩の繰り返しが、人の心に作用し、この単純な賭博が人を惹きつけるのだろう。

「よおしッ。このまま三連勝で終わらせるぞォ」

盛り上がる官兵衛。

「まだまだ、これからですよォ。俺の勘では、今夜は長引くね」

と、源治が予言した通りで、その後は官兵衛も相模屋も、中々三回続けて勝つことはなかった。

「グサンの丁」

「糞ッ。また仕切り直しかァ」

「ゴロクの半」

「よしッ。次だァ」

息詰まるような応酬が繰り返された。

半刻（約一時間）を過ぎた頃、官兵衛がトントンと二回続けて賽の目を当てた。

次を当てれば、官兵衛の勝ちだ。再度盛り上がる官兵衛。

「そろそろ相模屋の親分さんに引導を渡すかな？」

「手前は、泰然自若ですよ……酷ェ修羅場を幾度となく掻い潜って参りましたからねェ」

「相模屋、次の旗本屋敷の当てはあるのかい？」

「ふん、考えてもねェです。ここが気に入ってるもんでね」

「探しといた方がいいぞ。子分衆連れて橋の下で眠るのは惨めだァ。転ばぬ先の杖って言うじゃねェか」

「大きなお世話ですよォ」

追い込まれて苛つく相模屋をからかいながら、官兵衛が小太郎をチラと見た。

小太郎が、小さく咳ばらいをし、鼻筋を指で三回掻いた。

「御隠居様、相模屋のお貸元、そろそろ宜しいでしょうか？」

中盆が促した。

「然るべく」

「どうぞ」

「では……はい、壺」

「はい、壺をかぶります」

小太郎が壺に賽子を入れ、盆茣蓙に伏せた。

六

「そこまでだ」

声がかかった。

小太郎以下の誰もが動きを止めた。襖が音もなく開き、若い武士が一人、暗がりから昼間のように明るい賭場へと姿を現した。刹那、小太郎の表情が凍るのを官兵衛は見逃さなかった。

「どなたです?」

相模屋藤六が睨みつけた。

「甲府勤番士、葵槙之助」

「チッ」

小太郎が舌打ちをした。

羽織袴姿の葵は、盆茣蓙の前まで進み、小太郎の前で仁王立ちとなった。大刀を腰に佩びたままだ。いつでも抜き打てる体勢。下手には動けない。

「壺の中は、グニの半か？　それともサブロクかな？」

葵が、からかうように小太郎に質した。

「な、なにをしに来た？」

そう早口に問いかけた小太郎の月代には、汗が滲んでいる。明らかに狼狽していた。

「グニとかサブロクとか、どういうことです？」

藤六が葵に質した。

「グニとサブロク……大矢小太郎が得意とする目だ。この男、甲府では『賽子太郎』と呼ばれ、極悪のイカサマ師と忌み嫌われておったわ」

「さ、賽子太郎？　極悪のイカサマ師だと？」

源治が呟き、小太郎を睨んだ。

「自在に賽子を操り、好きな目を好きな時に出せる……甲府では、こいつに壺を振らせる貸元はおらん」

「槙之助、戯言を申すな」

苛ついた様子で小太郎が反駁した。

「戯言だと？」

葵が神速で腰の大刀を抜き放つ。刹那、小太郎は一間ばかり後方に飛び退き、左腰の脇差を引き付け、葵を下から睨み上げた。

「ふん、さすがの身のこなしだな」

葵は刀の切先を伸ばし、コロンと壺を倒した。中の賽の目は——五と二——葵が予想した通り「グニの半」ではないか。

「ああッ、小太郎！　手前ェ、イカサマこきゃがったな！」

源治が吼え、大人しく控えていた相模屋の三下たちが色めきだった。

「偶々だ。偶然五と二だっただけだ。こら槙之助、私がイカサマをしたという証でもあるのか？」

「証か……お前はいつもそうだ。確かに証はない。誰も賽子太郎の尻尾を摑めない。しかし、誰もが知っている。お前が薄汚いイカサマ野郎だとな」

小太郎は、ふと、佳乃が自分を見ているのに気づいた。否々、睨んでいるのだ。口角が下がり、眉を顰め、哀れむような目で見つめている。どうも軽蔑されてしまったようだ。ま、極悪のイカサマ師と呼ばれるようでは仕方がない。身から出た錆であろう。

「たとえイカサマの証はなくてもよォ」

源治が、小太郎を指さしていきり立った。

「少なくとも手前ェが……あッ」

ゴッ。

横から官兵衛が割り込み、源治の蟀谷（こめかみ）の辺りを拳固で強く殴りつけた。源治は盆茣蓙の上に転がり、数回手足を痙攣（けいれん）させた後、動かなくなった。

「言ったはずだァ。今度オイラのことを『手前ェ』呼ばわりしたら、只じゃ済まさねェとな」

と、殴った拳を見つめながら大見栄を切った。

「あの……只じゃ済まさないのは『アンタ』呼ばわりでしょ？　今のは『手前ェ』呼ばわりですし。別に御隠居様のことを指して言ったわけでもないですよね？」

中盆が恐る恐る抗弁した。

「あ、そうか……そういや、そうだなァ」

源治は完全に伸びてしまいピクリとも動かない。

「私は、甲斐の山中で銃撃を受けた」

　葵槙之助と小太郎は、まだ睨み合っていた。葵は、大刀を抜き身のまま提げており、小太郎は腰の脇差を引き付け、柄に手を掛けている。互いに、相手が少しでも動けば、即座に両断し得る体勢だ。この近距離なら、大刀と脇差の長さの差は問題になるまい。但し、高確率で相打ちになろう。

「さらには刺客二人に襲われた。この二件、お前の仕業だな？」

「知らん」

　葵が冷笑した。

「槙之助、お前は、私がイカサマをやった証が欲しいのだろう？　私は決して尻尾を出さないからなァ。私を殺してしまってよいのか？　イカサマに関しては迷宮入りとなるぞ？」

「語るに落ちたわ。認めてるようなもんだ」

「いいや認めてはおらん。仮の話をしている。お前が狙撃と刺客の件を認めるなら、私も『やったことはやった』と正直に話す」

「イカサマ師の言葉なんぞ、信用できんわ」

「ならば、こうすればどうだ？」

と、脇差を鞘ごと腰から抜き取り、葵の前に置いた。これで小太郎は丸腰である。

二人は長く睨み合っていたが、やがて――

「覚悟の程はよく分かった。鉄砲は拙者自身が撃った。刺客は、玄武館時代の剣友だ。茂兵衛と辰蔵……二人には、相済まんことをした」

沈黙が流れた。

「ならば私は、イカサマ博打でお前から、虎の子の百五十両（約九百万円）を奪ったことを認めよう」

「ああッ、やっぱりアンタ、本当にイカサマ野郎だったんだなァ！」

「黙れ、痴れ者ッ！」

小太郎が藤六を睨んで一喝した。

「ふん。甲府勤番の五年間、博打以外に何の楽しみがあったと思うてか」

「そんなの知ったこっちゃねェ！　大体、イカサマなんか……」

ゴン。

官兵衛が藤六の月代の辺りを殴りつけた。

「五月蝿ェ。ちっとも話が前に進まねェじゃねェか……後で不満は聞いてやるから、しばらく黙ってろい」

「へ、へい」

頭を押さえて藤六が頷いた。

「それにしても……」

外野から円之助が、壺振り役として来ていた若い男に声をかけた。

「そんな、賽子の目を自在に操ることなんぞ、本当にできるものかね？」

「実際に、ここにおるではないか」

葵が、小太郎を刀の切先で指し、円之助に言った。

「そんな芸当、手前にはできませんが……」

壺振りの若者が円之助に向かって答えた。

「ただ、専門の壺振りを百人、二百人と集めれば、中に一人か二人、妖術使いのような物凄いのが交じっているのも事実です」

ここで壺振りは小太郎に顔を向けた。

「殿様ァ、なんぞコツみてェなもんがあるんですかい？」

「コツねェ……」

問われた小太郎は嘆息を漏らし、しばらく考えていたが、やがて――

「おい、少し動くけど……斬るなよ」

そう、葵に告げてから、壺と賽子を手に取り、壺振りと葵を交互に見た。

「よく見ておれ」

空中に二個の賽子を放り投げ、二回ほど壺を左右に振って捉えると、そのまま盆茣蓙の上に伏せた。

「グシの半」

相宣言してから、壺を開くと――果たして、五と四の目だ。一同から驚きの声が湧き起こった。

「もう一度、グシを出す」

と、盆茣蓙上の賽子を手を使わずに壺で救い上げ、頭上でクルリと一回転させた後、また茣蓙の上にソッと伏せた。壺を開く――同じく五と四だ。再度湧き起こる驚愕の声。

「お、畏れ入りやしたァ」

壺振りの若者が感極まった様子で平伏した。

「コツは鍛錬を愚直に重ねることだ。十万回を超える辺りで、なんとか目が揃うようになる。二十万回前後で、ほぼ目が出せるようになった。ただ、鍛錬を十日も怠たれば、今でも腕は鈍る。学問や剣術とよう似ておる。資質と研鑽あるのみだ」

「帰ります」

と、青褪めた表情で成り行きを見守っていた佳乃が立ち上がり、一礼して踵を返した。偕楽と洪庵も、佳乃に付き添うようにして退席した。一方、円之助と敷島斎は、席を立つ様子がない。目がキラキラと光っている。最高の見世物とでも思っているようだ。

「あんの……」

ゴン。

「なんだァ、相模屋」

官兵衛は、とりあえず一発殴ってから、藤六を睨みつけた。

「さ、最前、気絶する前の源治が申し上げたかったことはですね……少なくとも、小太郎坊ちゃまが賽子に、或いは丁半博打に精通しておられたのは事実のようですし、その方が振った壺で勝負が決するというのは……公平公正の見地からして、いささか卑怯千万なのかな、と」

「ま、卑怯と言えば、卑怯かな」

　渋々だが官兵衛が認めた。

「だったら、今宵の勝負は『なし』ですよねェ」

「なし、だな」

「如何でござろう？」

　外野から敷島斎が、手を挙げて発言を求めた。

「小太郎様の壺振りの技術は傑出している。芸術の域に達している。これ、銭になりませんか、相模屋殿？」

「なります、なります。賽の目が自在に出せるなら怖いものなしだ。儲け放題だァ」

「相模屋殿は本職の博徒なのだから、博打で大儲けするやり方には精通しておられるはずです。力を合わせて儲けて、その儲けた銭を、皆が幸せになれる方向で使いましょう」

「どう使う?」

小太郎が少し苛つきながら質した。できれば、江戸に戻ってまで壺など振りたくはなかったのだが「皆が幸せになる」というのなら、腕を揮うに吝かではない。

「小太郎様と相模屋殿が組んで大金を稼ぐ。その内、まず百五十両を葵様に返却するべきです。これで葵様は御満足でしょ？」

「ま、銭が戻れば文句はない」

「後は、相模屋殿が儲けて、ある一定額に達したら、この屋敷を出て行くと約定を交わしておくのです」

葵槙之助は満足し、小太郎を狙わなくなる。相模屋も満足し、屋敷を出て行く。晴れて小太郎は御書院番士として出仕する――かくて、三方が円く収まりそうだ。

「さらに条件追加だァ」

横合いから官兵衛が嘴を突っ込んだ。

「相模屋は確約しろ。若い衆に二度と佳乃殿の風呂場を覗かせるな。それから、犬猫の腑分けについて、洪庵を脅すのは止めろ」

「それはいいけど、確かに小太郎様には壺を振っていただけるんでしょうね？　嫌だとかゴネられても困るんですけどね」

「槙之助と相模屋が、その条件で納得なら、私は協力しますよ」

　賽子太郎が、虚無的に頷いた。

「イカサマ賭博で儲けた銭は、オイラと相模屋で折半ということでいいな?」

「折半は酷ェ。御隠居様、そりゃ阿漕だァ」

　相模屋が悲鳴をあげた。

「なんだと相模屋ァ、もう一遍言ってみろォ!」

　官兵衛が脇差に手を掛けて跳び上がった。

「なんだいそりゃ? 脅す気かい? 俺を斬ろうってのか? 面白ェ、やってやろうじゃねェかこの野郎!」

　藤六が扇動すると、相模屋の三下どもが懐から匕首を抜き、一斉に立ち上がった。

　とばっちりを恐れた円之助と敷島斎がコソコソと逃げ出す。三下たちが、バラバラと官兵衛父子を取り囲んだ。

「旗本だか直参だか知らねェが、他人様の頭をボコボコ叩きやがって、挙句の果てには儲けは折半だと? ふざけるな! 一から礼儀を教えてやるよ」

藤六が激高して喚いた。

「へへへ、どれだけ腕がたつか知らねェが、これだけの人数相手に脇差二本じゃ太刀打ちできめェ」

「おい藤六、侍なめんなよ」

官兵衛が反駁した。

「お前ェら忘れてるかも知れねェが、武士ってのは本来、人殺しが仕事なんだぜ」

その時、四方の襖が一斉にガラと開き、用人の門太夫と若党の瀬島に率いられた総勢十名の奉公人たちが姿を現した。全員が大刀を抜き、尻端折りに襷がけ、小袖の下には鎖帷子まで着用している。門太夫と瀬島に至っては、長さ一間（約百八十センチ）ほどの手槍で武装していた。

「く、糞ッ」

匕首しか持たないゴロツキたちは即座に戦意を喪失してしまった。

「ま、お前ェが欲さえかかなきゃ、手を組める。皆が幸せになれる」

官兵衛が藤六に歩み寄り、その肩に手を置いた。

「折半にしとけ。その分、皆でゴッソリ儲ければいいんだよォ。お前ェが千両（約六千万円）稼ぐまでは、この屋敷に置いてやるから」

「せ、千両も……本当に？」

「ああ、オイラ、嘘は言わねェ」

「の、乗ったァ」

「これで決まりだ。いいよな？」

官兵衛が笑顔を小太郎に向けた。小太郎、苦笑しながら頷いた。

終章　困窮の真相（わけ）

煮売酒屋「水月」の二階座敷からは、広く鎌倉河岸が見渡せた。

小太郎は、寒いから障子を閉めるように頼むのだが、父は聞き入れてくれない。

「五月蠅ェなァ。火鉢があんだろう。いい若い者が、このぐらいの寒さでガタガタ震えててどうすんだァ」

と、冷酒をグイッと呷った。官兵衛は寒さに滅法強い。冬でも薄着で平気だ。大寒の頃に袷（あわせ）を着る程度で、他は年がら年中単衣（ひとえ）の小袖で通している。自分では「伊達の薄着」と威張っているが、単なる特異体質だ。

「お松さん、済みません。熱燗（あつかん）をお願いします」

父とは逆で、寒がりの小太郎が、震えながら女将に頼んだ。

「熱燗ね、はいはい」

お松は、艶やかな笑顔とともに立ち上がり、立ち去り際、小太郎の肩に右手の甲でソッと触れた。

「おい？」

お松が階段を降りていくのを待ち、官兵衛が顔を寄せてきた。

「はい？」

「お松の野郎、お前ェになんかちょっかい出したのか？」

「ちょっかい、って？」

「口を吸われたとか、どこか触られたとか」

「止めて下さい。そんなことあるわけがない」

熱い吐息を、首筋から耳に向けて吹きかけられた程度だ。

「ま、お松はお前ェの命の恩人だからなァ。あの時水月に逃げ込めなかったらどうなっていたか……多少のことは大目に見てやるけどよォ」

ひと月以上が経った今も、小太郎の太腿の傷は時々痛む。

「父上の方こそ、あの山吹屋の阿婆擦とは、どうされました？」

「於金ちゃんかい？　へへへ、文通してんだよォ」

「ぶ……」

危うく、飲みかけた冷酒を吹くところだ。なんぼなんでも文通は——ない。官兵衛と於金が、夜な夜な相手のことを想い浮かべながら文机に向かう姿を想像して、小太郎は微かな眩暈を覚えた。

「やっぱ銀蔵の野郎は、オイラと於金ちゃんが夫婦となるについちゃあ、異論があるらしいわ」

「そりゃ、そうですよ。二十四も年齢が離れてるんだから」

「に、二十一じゃねェのか?」

「二十四です」

トントントンとお松が階段を上ってきた。

「今日は御馳走ですよ」

と、折敷に料理の小皿を置いた。

今日の肴は、寒ハヤの揚げ煮である。寒くなると脂がのって、なかなかに美味だ。小骨ごと粉を叩いて胡麻油でカラリと揚げ、甘みを利かせた醤油地に潜らせてある。小骨ごとバリバリと食えば、酒のあてによし、白飯にまたよしだ。

「こりゃ、美味そうだァ」

官兵衛が早速箸をつけた。

「それにしてもよォ。お前ェも大人になったよなァ」

お松が一階に降りるのを待って、官兵衛は小太郎に顔を寄せて囁いた。

「ゴロツキどもの上を往(い)く悪どさだ。全部お前ェの策略通りに運んだなァ」

「策略？　なんのことです？」

小太郎が寒ハヤを頬張りながら、怪訝な顔をした。

「惚(とぼ)けるなよ悪党……まず葵槙之助が登場して、お前ェがイカサマ野郎だと暴(あば)く。自然な流れで賽子の妙技を披露し、博徒どもの度肝を抜くんだ。そこで善人面した敷島斎がしゃしゃり出て、手を組んでの儲け話を持ちかける。ゴロツキどもがゴネやがったら、門太夫たちの暴力で制圧する……完璧な計略じゃねェか」

「あの……」

と、小太郎が箸を置いた。

「どうした諸葛孔明(しょかつこうめい)？」

「私の計略ではありません。ほとんど偶然です」

「へ？」

「槙之助の乱入、敷島斎先生の提案は想定外です。私がやったのは、万が一に備えて門太夫たちを控えさせていた、それだけです」

「嘘ォ？」

「や、ほんと」

「あ、そう」

父と子は黙って熱燗を酌み交わした。

「一つ問題があります」

小太郎が、さらに声を潜めた。

「私は、イカサマの尻尾こそ出しませんが、負けた相手は必ず疑惑の目を向けてきます」

「そらそうだ。それが人情ってもんだよ」

博打が弱く、いつも負けてばかりいる官兵衛が同意した。

「そして『大矢小太郎はイカサマ師』との噂が広まるんです。結果、誰も私の壺では博打をしなくなる」

「鴨がいなくなるってわけか」

「まさに、そうです」

小太郎が頷き、官兵衛は盃を置いて腕を組んだ。

「儲かるのは、初めのうちだけです。イカサマなんて、そうそう儲かるものではないのですよ」

事実小太郎は甲府時代、これだけの腕を持ちながら、上役に渡す賂にすら事欠いていたのだ。

「そこは、博打の玄人の相模屋に色々と策を練ってもらうことになるだろうなァ」

「一番大切なのは、欲をかかないことです。大きく儲けようとしないことだ。わずかずつ堅実に儲けていく分には、負けた方もそう目くじらは立てないから」

「け、堅実なイカサマ賭博か……生真面目な泥棒みてェな話だなァ」

「ま、博打道は奥が深いですからね」

熱燗をグイッと呷る。また沈黙が流れた。

「うッ……」

黙って倅を見つめていた官兵衛が、急に涙をこぼし始めた。

「父上、どうされました？」

「や、オイラよォ。女の話と博打の話を倅とするのが夢だったんだよなァ。それが叶ったかと思うと、う、嬉しくてよォ」

「そ、それはそれは……」

呆れる小太郎を後目に、官兵衛は懐から懐紙を出して鼻をかんだ。


鎌倉河岸のお濠端には、幾本も柳の木が植えられていた。葉を落とした大柳の幹の陰から、水月の二階を窺う人影が二つ——葵槙之助と貉の源治である。

「葵様、アッシは銭で済ます気は、金輪際ねェですよ」

「拙者も同じ気持ちだが、銭も欲しい。あの父子には、イカサマ賭博で精々稼いでもらおう。銭を回収した暁には……殺す」

「それまでは生かしておくってことですかい？」

「鵜飼の鵜だよ……魚を獲るうちは生かしておくさ」

「へへへ、なるほどね」

「いっそのこと、相模屋藤六にも消えてもらって、お前が貸元に収まった方が万事収まりがよいのではないか？」

「ま、赤ら顔のデブぐれェは、いつでも消せまさァ」

「拙者とつるんで、巧い具合にやろうではないか」

「へい、今後とも宜しくお願い致します」

と、小指の無い手を膝に当てて、頭を深く垂れた。


シャワ、シャワ、シャワ、シャワ。

天気でも崩れぬ限り、毎朝の掃き掃除は佳乃の日課である。

甲府から戻って以来、小太郎にとっても、この優しい竹箒の音で目覚め、広縁に出て麗人と会釈を交わすのが朝の楽しみとなっていた。

しかし十日ほど前、彼は自分が「博打打ち」であること、「壺振りのイカサマ師」であることを認めてしまった。それを聞いた折の、佳乃の表情が頭から離れない。軽蔑と落胆、哀れみと憤り――様々な負の感情がない交ぜとなった、実に嫌な顔だったのだ。

あの日から、小太郎は障子を開けて広縁に出る勇気を失くした。箒の音で目覚めても、佳乃が掃除を終えて家に入るまで、布団の中でジッと息を殺している。

(私は、なにをやっているのだ?)

ここは小太郎の屋敷だ。借家人に遠慮し、朝から布団に身を隠すのは情けない。

(壺振りをやるのは、自分のためじゃない。ま、そりゃ、自分のためでもあるが、大きくは皆のためだ。なにを恥じることがある。こそこそ隠れることはないのだ)

思い切って布団を跳ね飛ばした――とても寒い。もうすぐ小寒、寒の入りだ。

寒さに震えながら身支度を整え、脇差を佩びて深呼吸――勇気を出してガラと障子を開け、広縁に出た。

シャワ――。

一瞬、箒の音が止んだ。しかし、佳乃はすぐに掃除を再開した。

「ああ、よく寝た」

とって付けたような独言とともに、大きく伸びをした。

見れば、竹箒を手にしたまま、佳乃がこちらへ歩いてくる。それも速足だ。女が男に不満があるとき独特の歩様(ほよう)だ。

「お早うございます」

「あ、お早う」

　挨拶だけはして、その後、佳乃は大きく息を吸った。まるで胸の中に、勇気を溜め込むような深呼吸だ。

「私、反対です」

「な、なにをです？」

「敷島斎先生から伺いました。賽子賭博でお金儲けをなさるとか？」

「あ、や、私だってやりたくはないのです。ただ、これは皆のためです」

　大いに狼狽し、早口でまくしたてた。

「敷島斎先生も仰っていたはずです。これは彼の発案なのだから。私自身を含めた皆の幸福のための銭儲けです」

「博打は決して、人を幸福には致しません。刹那的には幸福そうに見えても、長い目で見たとき、必ずや人を不幸に落とす、それが博打にございます」

　そう言って深々と一礼し、綾乃は踵を返した。

　一旦帰りかけた佳乃だったが、思い直して広縁の際まで戻ってきた。竹箒を握り締めた両手が、微かに震えている。小太郎の目を真っ直ぐ見つめてきた。涼やかな両眼には、薄（う）っすらと涙が浮かんでいる。

「大久保（おおくぼ）の実家が困窮したのは、父が病いを得たからではございません。同じ病いでも父が患ったのは博打という病い。元々は真面目で勤勉な父にございました。大きな借財を抱え込み、止む無く私は芸者となりました」

「……あ」

「小太郎様？」

「はい」

「もう一度だけ申します。どうかイカサマ賭博などで、お金を儲けるのはお止め下さいまし」

最後にまた一礼して後、速足で麗人は去って行った。

「ま、参ったなァ……」

溜息混じりに、大矢小太郎が呟いた。

この作品は書き下ろしです。

企画協力　アップルシード・エージェンシー

うつけ屋敷の旗本大家

井原忠政

令和4年6月10日　初版発行

発行人――石原正康
編集人――高部真人
発行所――株式会社幻冬舎

〒151-0051東京都渋谷区千駄ヶ谷4-9-7
電話　03(5411)6222(営業)
　　　03(5411)6211(編集)
公式HP　https://www.gentosha.co.jp/

印刷・製本―株式会社　光邦
装丁者――高橋雅之

幻冬舎時代小説文庫

ISBN978-4-344-43199-7　C0193　い-71-1

この本に関するご意見・ご感想は、下記アンケートフォームからお寄せください。
https://www.gentosha.co.jp/e/